소리길을 따라서

소리길을 따라서

지은이 _ 백승분

초판 발행 _ 2014년 1월 10일

펴낸곳 _ 수필미학사
펴낸이 _ 신중현

등록번호 _ 제25100-2013-000025호
등록일자 _ 2013. 9. 2.

대구광역시 달서구 문화회관11안길 22-1(장동) 출판산업단지 9B 7L
전화 _ (053) 554-3431, 3432   팩시밀리 _ (053) 554-3433
홈페이지 _ http://www.학이사.kr
이메일 _ hes3431@naver.com

ISBN _ 979-11-951489-0-5   03810

※ 수필미학사는 도서출판 학이사의 수필 전문 자매회사입니다.

소리길을 따라서

나 는 왜 쓰 는 가

　잊고 있었던 기억과 내면의 소리를 불러냅니다. 지나간 것은 돌이킬 수 없어 더욱 아름답다고 했던가요. 빛나는 것보다 켜켜이 쌓여 퇴색되고 먼지 앉은 것이 대부분입니다. 각자 제 역할이 있다며 내치지 말라고 매달립니다. 부끄러움을 무릅쓰고 세상이란 햇볕에 끄집어내 놓습니다. 못났든 잘났든 나의 분신인지라 인정할 수밖에요.

　고맙고 미안하고 아픈 마음이 고스란히 느껴집니다. 어려운 환경 속에서도 사랑으로 키워주신 부모님 은혜에 가슴이 뜨거워집니다. 오늘 따라 하늘에 계신 아버님이 몹시도 그립습니다. 아웅다웅하며 우애로 다져진 동생들도 눈에 밟힙니다. 서투른 아내, 부족한 엄마의 부족한 모습에 후회가 밀려옵니다.

　딱지 앉은 상처가 버팀목이 되고 고마움이 용기를 주었습니다. 나도 몰랐던 나를 알아가는 것이 신기하기도 했지만 고통스러울 때도 있었습니다. 힘겨운 언덕을 넘을 때 글로 풀어내며 자신을 다졌습니다. 기쁠 때도 글과 마주하며 기쁨의 이자를 마음껏 부풀렸습니다.

글쓰기에 몰두하다 보면 자신을 객관적으로 바라보게 됩니다. 내가 아닌 남이 되어 잘잘못을 가려 평온함을 찾습니다. 쓰는 일은 호된 매가 되어 꾸짖고 때로는 안식처가 되어 지친 나를 안아줍니다.

글과 씨름하기를 여러 해. 속내를 드러내 활자로 만든다는 게 쉽지 않았습니다. 때때로 게으름이 발목을 잡았습니다. 쓰는 것에 회의가 느껴져 늪에 빠져 허우적거릴 때도 있었지요. 그때마다 도움의 손길을 주신 교수님께 감사의 인사를 올립니다. 끌어주고 어깨동무해 준 문우님들의 따스한 마음 잊지 않겠습니다. 그림자처럼 나를 받쳐준 남편, 늘 내편이 되어 주어 고맙습니다. 응원을 아끼지 않은 두 딸 나래와 조은이, 사랑합니다.

2014년 새해를 맞으며

백 숭 분

■ 차례

2부 돌아온 화살

3부 환삼덩굴

4부 오늘은 나, 내일은 너

5부 봉수와 자전거

1부
벌레집

장갑 한 짝의 의미가 이것이었구나.
기도하는 마음이 가상했던가.
발을 동동 구르며 애태우지 말라고 미리 암시한 모양이다.
잔잔한 바람에도 몸을 가누지 못하는
연약한 중생을 배려해 준 마음에 감사할 따름이다.

장갑 한 짝

매운 날씨다. 창문을 흔들어대는 바람의 심술이 여간 아니다. 배낭 챙기는 걸 본 남편이 한마디 한다. 부처님을 만나러 가더라도 날씨를 봐 가면서 나서야지 괜히 용감한 척하지 말라며 기를 죽인다. 사실 바람 소리에 일찍 눈을 떠서 잠시 망설이긴 했다. 나들이 가는 것도 아니고 마음먹었으면 먹은 대로 해야지 이랬다저랬다 해서 될 일인가. 부처님이 어디 좋은 날에만 중생들을 보살피는 건가. 춥다고 미루고 덥다고 땡땡이치며 저 좋은 날만 찾아서야 무슨 공덕이 있을까. 자신과의 약속을 잘 지키는 것이 원하는 미래를 만들어 가는 주춧돌이 될 것이다.

목도리에 모자까지 눌러 썼지만 고추바람이 사정없이 파고든다. 훈훈한 버스 안으로 재바르게 올라선다. 운 좋게 빈자리가 있어 앉으려고 보니 장갑 한 짝이 오도카니 자리를 지킨다. 어쩌다가 이렇게 추운 날 주인의 손을 놓쳤을까. 까만 몸에 털을 달고 제법 고급스럽다. 윤이 나는 걸 보니 새것인 모양이다. 주인은 얼마나 애가 탈까. 미아를 본 듯 마음이 아리다. 혹여 주인을 만나기 바라며 손잡이에 묶어 둔다. 저녁에 외지에 있는 큰아이가 오기로 한 날이다. 염려스러운 마음이 아이에게 꽂힌다.

햇볕을 등에 업고 발걸음을 옮긴다. 따끈따끈하다. 추운날씨가 무색하게 땀이 흐른다. 뜨거운 기운과 찬바람이 안팎에서 힘겨루기 하니 몸에선 김이 무럭무럭 난다. 한바탕 땀을 흘리고 난 뒤 어렵게 만난 부처님이 반갑다.

법당에 앉아 바람 소리를 음악 삼아 명상에 잠긴다. 버스의 그 장갑이 질기둥이처럼 여기까지 따라왔나 보다. 애연한 마음에 녹았던 몸이 다시 얼어붙는다. 무지한 중생에게 주어진 숙제라면 받아들이는 수밖에 없다. 안타까움은 자신을 다듬는 좋은 도구가 되리라. 정이 깊어지고 애쓰게 되고 마음을 넓히게 될 것이다. 시련 없이 중생의 마음을 조절할 방법이 없지 않은가. 담담한 척하면서도 장갑 한 짝의 암시가 두렵다. 그 마음을 다시 평온함으로 데려오고 끌려가기를 반복하며 줄다리기를 하는 사이 쿵쾅거리던 심장 소리가 고요하게 제자리를 찾는다.

밋밋한 날보다 춥거나 덥거나 굴곡 있는 날 부처님을 만나면 훨씬 뿌듯하다. 이런 이유로 고행을 자처하는지도 모른다. 바닷물이 잔잔함에 안주하지 않고 거친 파도를 숨가쁘게 만들며 자신을 담금질하는 것처럼.

부처님을 만나고 온 마음이 푸근하다. 집안일을 하며 시계를 본다. 아이가 차를 탔을 시간이다. 밤 10시 조금 넘어 도착하겠구나 생각하고 있는데 전화벨이 울린다. 꾸물거리다 차를 놓쳤단다. 다음 차는 2시간 반 후에나 있다며 속상해 한다. 긴 시간을 기다리는 것도 그렇지만 늦은 시간에 여자 혼자 택시를 타야 하니 신경쓰인다. 남편이 출장 중이라 데리러 갈 사람이 없는데 어떡하나. 자글거리는 마음을 주체하기 어렵다.

엄마의 마음이 전해졌는지 금세 아이의 목소리 톤이 바뀐다. 책 읽으며 카페에서 기다리면 되니까 염려 말라고 한다. 도착해서 바로 전화하겠다며 편안히 기다리란다. 어린아이처럼 언제까지나 바람만바람만 하면서 따라다닐 수도 없는 일. 제 앞가림은 스스로 하리라.

장갑 한 짝의 의미가 이것이었구나. 기도하는 마음이 가상했던가. 발을 동동 구르며 애태우지 말라고 미리 암시한 모양이다. 잔잔한 바람에도 몸을 가누지 못하는 연약한 중생을 배려해준 마음에 감사할 따름이다. 천천히 숨을 들이쉬고 내쉬며 소반다듬이 할 게 무엇인지 자신을 살핀다.

울타리 안과 밖

식구들이 각자의 일터로 떠났다. 어질러진 집안을 대충 정리하고 열 시 조금 넘어 시내버스를 탔다. 도로가 한숨 돌렸을 시간, 서점에 들러 눈요기도 할 겸 느긋하게 책과 만나고 싶어서다. 출근시간에 많은 사람을 실어 나르느라 지친 버스는 빈 가슴을 열어 놓고 쉬엄쉬엄 움직인다.

두어 정류장을 지났을 때 연세 드신 수녀님이 올라오신다. 자그마한 체구에 단정한 수녀복이 온화하면서도 위엄이 느껴진다. 종교에 관심은 있지만 이런저런 핑계로 선뜻 용기를 내지 못하고 있는 터라 그쪽 동네의 일상은 어떠시냐고 말을 걸고 싶다. 눈을 맞추려 꾸물거리는 사이 앞자리의 아가씨가 자리를 양보한다. 수녀님은 버스가 정차할 때마다 주위를 살피더니, 노약자석이 비니까 바로 자리를 옮기신다. 양보 받은 자리가 편치 않았던 것인가.

이번엔 할머니 한 분이 타신다. 곱다. 얼굴 가득한 세월의 흔적이 자연스럽다. 밝은 표정 때문인가. 이웃집 어른을 만난 듯하다. 자리를 비켜 드렸다. 미안해하기에 신경쓰지 마시라고 몇 마디 주고받는 사이 맨 뒤쪽, 의자가 좀 불편한 곳에 자리가 비었다. 할머니는 남의 자리를 차지했으니 돌려줘야 되지 않느냐며 얼른 내 가방을 뺏어 당신이 앉았던 자리에 놓고 뒤쪽으로 가신다. 힘들게 버스에 오를 때와는 달리 행동이 어찌나 재바르시던지 붙잡고 말고 할 틈도 주지 않는다. 노인이라고 세금을 더 많이 내는 것도 아닌데 무조건 대접만 받을 수 없단다. 이 광경을 보고 있던 버스 안의 사람들이 빙그레 웃는다.

연세로 봐서는 두 분 다 편안히 대접을 받아도 마땅하건만 당신들의 생각은 다른가 보다. 자신의 입장에서 최선을 다해 고마움에 사례를 한 것이리라. 약자가 남을 배려하기란 쉬운 일이 아닌데도 말이다. 하기야 가질 것 다 가지고 남는 걸 베푸는 일쯤이야 뭐 그리 큰 공덕이 될까. 주는 것도 중요하지만 잘 받을 줄 아는 것도 그에 못지않다는 평범한 말이 새삼 생각난다.

화려하거나 강렬하지 않아도 선명하게 기억되는 그림이다. 어떤 유능한 화가가 심성까지 그려낼 수 있을까. 겉으로 보이는 이미지는 다르지만 같은 곳을 향해 가고 있음이 느껴진다. '아름다움'이란 공통점을 지닌 두 풍경에 가슴이 훈훈하다.

두 할머니를 보니 일전에 전도를 과하게 하는 사람들과 얼굴을 붉힌 일이 떠오른다. 몇 사람이 길을 막아서서 남의 사정은 아랑곳하지 않고 다짜고짜 붙들고 늘어진다. 좋은 의도라는 건 알지만 기분이 언짢아 한참 실랑이를 벌이다가 겨우 그 자리를 벗어났다. 종교를 믿지 않아도 바르게 살면 되지 않느냐고 했더니 대꾸할 말이 없었던 모양이다.

곰곰 생각해 보니 너무 엄청난 약속이라 두고두고 신경이 쓰인다. 잠깐의 불편함을 모면하자고 생각 없이 건방진 말을 내뱉고 말았다. 종교 속에 있어도 바르게 살기 어려운데 하물며 그 울타리에 들어가지도 않고 큰소리쳤으니 난감하다. 경솔함에 어처구니가 없다. 종교 안에서 사랑으로 사는 삶과 종교를 가지지 않고 그렇게 사는 삶. 굳이 어느 쪽이 더 좋다고 고집할 수 없지 않을까. 종교를 가지는 이유가 바르고 행복하게 살기 위함이라면 비록 비종교인이더라도 주위를 보듬고 베풀면 되리라. 꼭 신의 눈도장이 필요한 것일까. 울타리 안에서 건 밖에서 건 노 수녀님과 할머니처럼 현재 가진 것을 사랑으로 나누면 될 터이다. 하느님은 울타리를 구분하지 않고 세상을 두루 살피실 것이리라. 그야말로 신이기에 당신 눈에 보이지 않더라도 다 알고 계실 것이다.

서점으로 들어선다. 책이 눈에 들어오지 않는다. 버스 안의 풍경에 빠진 마음이 돌아오려면 시간이 걸리려나 보다. 내가 한 말의 무게가 좀 가벼워진 듯하다. 이곳저곳 생각 없이 기웃거리다 신간이 궁금해서 나온 처음의 목적과는 달리 종교 서적에 눈길이 머문다. 갑자기 울타리 안의 세계가 궁금하다. 느닷없이 흘린 말에 부끄럽지 않기 위해 얇은 지식이라도 알고 있어야 할 것 같기도 한다.

벌레집

춥다. 맨몸으로 찬바람을 견뎌내고 있는 가로수가 안쓰럽다. 가로수마다 짚으로 정성스럽게 동여매어진 벌레집에 눈길이 머문다. 원래의 목적은 해충을 유인하는 것이지만 작은 부분이나마 나무를 감싸고 있으니 추위가 덜할까. 별 온기야 없겠지만 무언가 두르고 있다는 것으로 위안이 되리라.

짚 속엔 앞날을 알 턱이 없는 벌레의 알이 편안하게 겨울을 나고 있겠지. 찬바람이 몰아쳐도 끄떡없을 테니까. 알을 낳고 마지막 생을 접은 어미는 안심하며 눈을 감았으리라. 무거운 몸을 이끌고 두리번거리다 발견한 의외의 장소를 보고 얼마나 기뻤을까. 사람이 만들어 놓은 함정인 걸 몰랐으니 서로 들어가 자리를 잡겠다고 싸움을 벌였겠지. 그러다 밀려나기도 하고 또 억지로 들어가 마지막 자리를 차지하고 콧노래를 불렀을 것이다. 밀려난 어미는 애를 태우며 새로운 장소를 찾아 이곳저곳 기웃거리지 않았을까. 한 치 앞을 볼 수 없는 건 미물이나 사람이나 마찬가지인가 보다.

얼마 전 일이다. 절에 가려고 집을 나섰다. 정해 놓은 시간이 있는 것도 아니고 해서 느긋한 마음으로 신호등 앞에서 기다리고 있는데 건너편에서 타야 할 버스가 오고 있었다. 오로지 버스를 타야겠다는 생각에 붙들려 신호등도 무시하고 혁혁대며 달렸다. 막 떠나려고 하는 버스에 백미러 쪽으로 몸을 붙여 기사가 볼 수 있게 손을 흔들어 겨우 올랐다. 운이 좋은 날이라 생각하며 고마움에 인사를 꾸벅했다. 급한 숨을 돌리고 나니 정신이 들었다. 기도하러 가면서 이게 무슨 행동인가 싶었지만 이미 벌어진 일이었다.

형체도 색깔도 냄새도 없는 마음은 성질이 고약하기 이를 데 없다. 잠시라도 가만있지 않는다. 현재라는 자리에서 앞가림도 못하면서 과거, 미래를 쓸데없이 들락거린다. 없는 것도 만들어 내고 있는 것도 없애버린다. 고삐 풀린 망아지다. 바쁜 세상에 저만 쳐다보고 있으라고 울어 대는 어린아이다. 힘으로 해서도 안 된다. 열 일 제쳐놓고 가만히 들여다보며 달래는 도리밖에 없으니 버겁다.

백팔배를 하며 평상심을 찾는다. 분산된 마음을 불러모은다. 언제 어느새 산산이 흩어져 자질구레한 세상사에 갈팡질

팡할지 모르지만 이 순간에 몰두한다. 기도를 끝내고 내려오는데 버스가 막 출발하려고 움직이고 있는 게 보인다. 평온함은 일순간 사라지고 이유도 없이 급하다. 부처님은 첫 단추가 잘못 끼워졌으니 정신 차리라고 소리를 질렀을지 모른다. 다음 차를 타라고.

귀를 닫은 마음은 아랑곳하지 않는다. 나를 기다리고 있기라도 한 버스가 고마워 못 견디겠다는 듯 넙죽 오른다. 산길을 한 시간 넘게 걸었더니 피곤하다. 눈을 감고 의자 깊숙이 몸을 기대어 앉는다. 잠깐 졸았나 보다. 갑자기 '펑' 소리에 놀라 눈을 뜨니 고무 타는 냄새가 진동한다. 기사가 당황해하며 모두 내려서 다음 차를 타라고 양해를 구한다.

한낮에도 기온이 영하인 날씨에 길바닥에 나앉았다. 금방온다던 차는 불만의 단계를 지나 애원으로 접어들 즈음 나타났다. 이미 만원이었다. 차 안의 사람들은 틈이 있으면 들어와 보라는 표정이었다. 스무 명이 넘는 사람들이 겨우 비집고들어섰다. 한 시간을 넘게 가야 하는데 현기증이 났다.

거기다가 차비를 두 번 냈다. 예전처럼 현금을 내고 타는것이 아니라 교통카드를 사용하다 보니 문제가 생겼다. 고장난 차에 낸 요금을 단말기에서 취소하고 다른 차를 타야 환승이 되는데 갑자기 당한 일이라 요금문제까지 생각할 겨를이없었다. 그 순간엔 그나마 평지에서 멈춰 섰으니 그만하길 다행이라는 생각만 했다. 신호등을 무시하고 내달릴 때 동티가 날 줄 알았지. 잘못 끼워진 첫 단추를 바로잡을 기회가 있었지만 알아 차리지 못했으니 당해야지. 내면의 소리를 듣는다.

따스한 봄이 오면 사람들은 알이 깨기 전에 벌레집을 몽땅 거두어 불태워 없앨 것이다. 미래를 아는지 모르는지 포근한 잠자리에서 하루가 다르게 알은 성충이 되기 위해 몸을 키우고 있을 것이다. 어미 잘 만나 고생하지 않고 세상구경을 하게 되었다고 좋아하면서 말이다. 비바람에 시달리며 나뭇가지 끝에 마른잎 하나로 감싸고 겨울을 나는 알을 불쌍해하면서. 곧 불구덩이에 들어갈 자신의 처지는 꿈에도 생각 못하겠지.

부처님이 보기에 인간세상이 벌레집은 아닐까. 한배를 탔으면서 잘났네 못났네 밀고 당기며 도토리 키 재기하는 모습이 어처구니없으리라. 무엇이 진정 사는 길이고 죽는 길인지도 모르면서 서로 앞다투어 가겠다고 경쟁하는 모습이 불쌍하지 않을까.

무언의 메시지

얼마 전 절에서 작약을 한 뿌리 얻어왔다. 정확히 표현하면 사정해서 뺏다시피 가져왔다. 탐스런 꽃송이가 마음을 붙잡았다. 꽃분홍과 초록의 어울림이 새색시 같기도 하고 바람에 일렁일 땐 무용수의 몸짓처럼 우아했다. 그 모습에 빠져 여러 해 눈독을 들이다가 스님께 부탁했는데 단박에 거절당했다.

산에 사는 걸 아파트에 갖다 놓으면 죽을 수도 있다며 마당이라면 모를까 좁은 화분에선 뿌리를 내리기가 어렵단다. 절에 오가며 내 집 정원인 듯 감상하면 되지, 죽을 걸 뻔히 알면서 왜 옮겨 심느냐고 하신다. 그래도 욕심이 생겨 잘 키우겠다고 간청을 드렸다. 지천으로 널려 있는데 설령 몇 뿌리 죽인들 무슨 문제일까 싶어 뻔뻔스럽게 고집을 부렸다.

어렵게 얻어온지라 살아만 있어 달라고 정성을 들였다. 제

자리흙으로 화분을 채워 잔뿌리 하나도 다치지 않게 옮겨 심었다. 아, 오늘도 죽지 않고 살아 있구나. 그러기를 여러 날, 고맙게도 절에서 올 때 그 모습으로 당당하게 자리를 지켰다. 낯선 곳이라 한동안 주눅들어 있을 줄 알았는데 손님 티가 나지 않는다. 낯가림도 하지 않는다. 다른 나무들 틈에 끼여 가족처럼 의연한 자태다.

언제부터인가 살아 있다는 것에 대한 기쁨이 시들해지더니 변화없는 모습이 지겨웠다. 때맞춰 물과 영양제를 주고 햇빛을 불러들여 속살거리며 즐겁게 해주었건만 그 정성을 어디가 빼돌리는 것일까. 가지를 불리거나 키를 키우질 않는다. 밑 빠진 독에 물을 붓는 듯하다.

그즈음 환청 같은 소리가 귓전에 울린다. 살아만 있어 달라기에 죽을힘을 다해 버티고 있는데 왜 불만이냐고.

옮겨 심으면 죽을지도 모른다는 말에 걸려 처음 마음을 나도 모르게 흘려버렸나 보다. 꽃을 보고 반해서 달라고 간청해놓고 엉뚱한 곳에 초점을 맞추었다. 땅내를 맡고 새잎은 달았는지 가지는 뻗었는지 살펴야 될 터인데 말이다.

자질구레한 걸림돌에도 초연하지 못하고 우왕좌왕하며 진정으로 원하는 것을 놓친 일도 부지기수 않은가. 녀석에게처럼 본마음과는 다른 주문을 해놓고 원하는 대로 되지 않는다고 열을 낸 일들이 허다하리라.

자신에게 일어나는 일은 자신이 뿌린 씨앗의 결과일 터. 평소에 어떤 씨앗을 심고 있는지 깨닫는 것만으로도 엉뚱한 열매가 열리는 걸 막을 수 있건만 만만찮다. 깨달음이란 막연히 거창한 것이라 생각했는데 이렇듯 사소한 것에 보석처럼 숨어 있을 줄이야.

쌀뜨물을 듬뿍 주며 어서 자라 꽃을 보여 달라고 주문을 걸었다. 작은 변화에도 칭찬을 아끼지 않았다. 드디어 녀석이 달라지기 시작했다. 그런데 뒷걸음질이다. 잎이 떨어지고 줄기가 말라갔다. 너무 늦은 건 아닌지 애가 탔지만 믿고 기다렸다. 포기하지 않고 다 죽어가는 가지에 주기적으로 물을 주고 바람과 햇볕에게 도움을 청했다.

어느 날 원줄기가 부스러져 바람을 따라가고 그 자리에 연둣빛 새싹이 고개를 내밀었다. 내 주문을 잊지 않았구나. 가슴이 쿵쾅거린다. 혼자가 아니라 식구가 많기도 하다. 손톱만큼 밀어올린 흙 사이로 비치는 햇빛에 눈이 부시는가 보다. 바깥세상이 신기한 듯 재잘거리는 소리가 집안을 기웃거린다.

다음주엔 스님께 독대를 청해야겠다. 새싹의 탄생을 어떻게 설명해야 이 기쁨을 온전히 전할 수 있을까. 벌써부터 입이 가렵다.

또 다른 나를 찾아서

　불편하다. 마음이 한 짐이다. 몸도 온전치 못하다. 팍팍한 일상에 일일이 보듬어줄 여유가 없어 무조건 구겨 넣은 마음이 자꾸 삐져나온다. 사소한 일에도 짜증이 나고 떼꾸러기가 된다. 좁아진 마음자리가 마지노선에 다다랐음을 느끼며 처방전을 찾아 집을 나선다. 하늘은 이제 막 꽃잠 자고 나온 새색시 얼굴처럼 환하다. 어린 햇살을 안고 나섰는데 어느새 성숙한 열기가 머리 위에서 뜨겁게 내리쬔다.

　김천시 증산면 수도리 수도산 중턱에 있는 수도암. 직지사 말사인 청암사 부속 암자이다. 859년 도선국사가 수도 도량으로 이 절을 창건하고 매우 기뻐서 이레 동안 춤을 추었다고 한다. 현존하는 건물은 대적광전, 약광전, 수도선원, 관음전, 나한전, 노전, 정각, 서전, 낙가전 등이 있다. 유물은 석불좌상, 삼층석탑 2기, 석조비로자나불좌상 등과 함께 창건 당시의 것으로 보이는 기단과 초석이 있다.

호위무사인 듯 참나무가 암자 주변을 빙 둘러서 있다. 겉모습이 웅장하거나 화려하지도 않고 사람들이 북적거리지도 않는다. 수행하는 곳이라 오가는 스님도 보기 드물다. 발걸음이 저절로 조심스러워진다. 금방 혹하진 않지만 어둠 속에서 서서히 눈이 밝아지듯 자세히 볼수록 탄성이 흘러나온다. 성질 급한 사람은 그저 그런 암자려니 지나치기 쉽다. 암자도 특별한 걸 아는 걸까. 애써 드러내지 않는다. 자신을 알아보는 사람만 받아들이겠다는 의도인지도 모르겠다.

경내가 고요하다. 바람이 가만가만 까치발로 다가가 참나무를 흔든다. 손님이 왔음을 알린다. 나무의 굼뜬 움직임에 노련미가 묻어난다. 스님의 수행처까지는 따라갈 수 없었던가. 따글따글한 햇볕이 마당 가득 뒹굴며 심심한 아이처럼 주니를 낸다.

세월의 흔적을 고스란히 안고 있는 유적들을 따라 시계를 거꾸로 돌린다. 안내판을 읽으며 시간여행을 한다. 그 시대엔 수행이라는 것이 스님들의 전유물이었을 터. 일반 사찰이 아닌 수도 도량에 소시민은 드나들었을까. 내가 특별히 초대받은 사람처럼 느껴진다. 동학농민운동과 한국전쟁 때 빨치산 소탕 작전으로 일부가 없어지고 불타는 수난을 겪으면서도 지금까지 건재한 모습에 조상님의 정성과 사랑을 느낀다.

법당 안의 석불이 발길을 잡는다. 익숙지 않은 풍경에 눈을 크게 뜬다. 대적광전의 석조비로자나불좌상은 진리의 세계를 두루 통솔한다는 의미가 있는 비로자나불을 형상화한 것이다. 통일신라 시대 석조불상으로 경주시의 석굴암보다 80cm 작으며 9세기 거창군 가북면 북석리에서 제작되었다고 한다. 운반에 고심하고 있을 때 한 노승이 나타나 불상을 등에 업고 이 절까지 왔다. 절에 다 와서 칡덩굴에 걸려 넘어지자 산신령을 크게 꾸짖고 칡덩굴을 모두 없애게 했다. 지금까지 이 절 근처에는 칡덩굴이 없다는 설화가 전해진다. 상투 모양의 머리와 긴 눈, 작은 입, 평평한 콧잔등을 보며 자비와 위엄을 동시에 느낀다. 왼손 검지를 오른손으로 감싸고 있는 특이한 손 모양과 거구의 불상이면서 불안정한 모습은 당시 시대 양식의 반영일 것으로 추정한단다.

약광전의 석조보살좌상은 고려 시대 석불좌상이다. 머리에 원통형의 관을 쓰고 있어서 보살상처럼 보이지만 우렁이 껍데기를 하나하나 꽂은 모양의 여래상을 표현한 것이라고 한다. 금오산 약사사, 직지사 삼성암에 있는 약사여래좌상과 함께 방광했다고 하여 삼형제 불상으로 부른다. 머리 부분에 보관寶冠을 장식했던 흔적이 있는데 약왕보살의 머리에 금속관을 설치했던 것으로 흔치 않다. 세월의 풍상에 닳아 모습을 자세히 확인할 수 없어 안타깝다. 속세의 셈으론 가늠하기 어려운 세월 동안 돌 속에 갇혀 누가 언제 발견해 주리란 보장도 없는데 묵묵히 기다린 부처의 큰마음을 느낀다. 부처를 찾아낸 석공의 정성을 읽는다.

마음을 다해 백팔배를 올린다. 땀이 범벅되어 벌겋게 달아오르던 얼굴이 점점 평정을 찾는다. 부처님과 눈을 맞춘다. 보일 듯 말 듯한 미소에 용기가 생긴다. 자극적인 것에 길들어 웬만한 것엔 반응도 않는 마음을 부처님 그늘에 내려놓는다. 각다분한 세상의 때가 덕지덕지 끼어 초라하고 부끄럽다. 평소엔 잘 드러나지 않던 또 다른 나를 본다. 화려하고 큰 것에 현혹되어 소소한 것들은 잊고 산 어리보기인 자신 안에서 수수하고 작아 잘 보지 못했던 것을 찾아낸다. 사실은 이런 것들이 삶의 든든한 기둥이건만 홀대했다니. 탱탱하게 당겨져 있던 끈이 느슨해진다. 바자운 마음이 줄줄이 비집고 나온다. 이래서 불안하고 저래서 염려스러웠던 것들이 이래서 좋고 저래서 고맙지 않으냐고 소곤거린다. 말없이 내려다보는 부처님의 눈길에 드러난 상처가 아리다. 무언의 처방전에 눈가가 젖는다.

수도암은 마음을 보살피는 곳이다. 무질서에서 질서를 찾는다. 역성들어 주고 꾸짖기도 하며 다친 마음을 다독인다. 구겨진 곳은 다림질하고 헤진 곳은 꿰매어서 정리한다. 그래

도 안 될 성싶은 것은 과감하게 잘라낸다. 눈을 감고 마음을
본다. 귀를 막고 마음의 소리를 듣는다.

.

기도하는 사람들

가파른 돌계단을 오르고 또 오른다. 인내심의 한계를 느낄 때 쯤 나타나는 팔공산 갓바위 부처. 가는 길이 예사롭지 않아 기도 도량으로 유명세를 떨치는 것이리라. 사시사철 사람들의 발길이 줄을 잇는다. 저마다 무슨 소원이 그리 많은지. 보이지 않는 소원의 무게가 너나 할 것 없이 힘겨운 것인가. 표정이 만만찮다.

검은 비닐 봉지를 들고 주변을 살피며 여유롭게 걷는 할아버지를 본다. 사람들의 통행이 많지 않은 새벽에 오기 때문에 만나기가 어려운데 오늘은 일찍 나선 탓에 마주쳤다. 처음 만났을 때 의아한 생각이 들었다. 이른 시간에 산등성이를 오가며 뭔가를 찾고 있었으니까. 할아버지는 몇 년째 산길을 오가며 휴지를 줍는다. 땅바닥을 살피고 다니며 뾰족하거나 위험하다 싶은 이물질도 일일이 줍는다. 힘들지 않으시냐고 했더니 기도 삼아 하신단다. 나이가 드니 몸이 따라주지 않아 법당에 앉아 있기도 어렵고 절을 하기도 쉽지 않아 생각해 낸 건데 험한 길을 오르내리다 보니 오히려 건강이 좋아지셨단다. 할 만하다며 얼굴 가득 웃음이 넘친다. 초콜릿을 한 조각 드리고 가던 길을 재촉한다.

부처님 전에 꽃이 환하다. 지난주엔 빨간 꽃이더니 오늘은 노란 장미다. 신문지에 싼 채로 올려놓은 걸 보니 꽃할머니가 금방 오신 것인가. 주위를 둘러보니 한쪽에서 가쁜 숨을 몰아쉰다.

"오늘은 노란 장미네요. 노란색은 귀해서 동네 꽃집에 잘 없을 텐데 용케 사셨네요."

"빨간 꽃만 사다가 텔레비전에서 노란 꽃을 봤는데 하도 이뻐서 꽃시장까지 가서 사왔다오. 부처님이 지겨울 것 같기도 하고. 먼 데까지 가느라 얼매나 바쁘던지. 마음 같아선 일주일에 한 번씩이라도 오고 싶구만 몸이 이 모양이라 자주 오지 못해 애가 타요."

주름진 얼굴에 꽃 같은 미소가 번진다. 한 달에 몇 번씩 꽃 공양을 올리는 할머니다. 허리가 꼬부라져 땅을 물고 다니면

서 열심히 부처님을 찾아오신다. 지팡이를 짚고 땅만 보고 걸
으시는 걸 보면 짐이라도 들어드리고 싶지만 그게 할머니의
정성이고 기도 방법인 것 같아 지켜볼 수밖에 없다. 한참 동
안 숨 고르기를 하시더니 겨우 일어나 삼배를 올린다. 부처님
과 꽃을 흐뭇하게 바라보시며 염주를 돌린다.

물기를 머금은 스님의 염불 소리가 법당에 울려 퍼진다. 나
직하고 부드럽다. 목탁소리가 은은하게 가슴을 파고든다. 크
고 작은 가시를 뽑으며 얼마나 힘들었느냐고, 이젠 걱정하지
말라고 속삭인다. 두 손을 모으고 정좌한다. 이고 지고 온 근
심 보따리를 부처님 전에 내려놓는다. 바깥세상에 커튼을 치
고 내면으로 들어간다. 세속의 욕심과 잡념에 이리저리 끌려
다니다가 부처님의 가르침을 되새긴다. 마음을 넓혔다 좁혔
다 하며 속을 끓인다. 얼마를 헤매었을까. 몸이 가벼워지며
숨쉬기가 편안하다. 바깥소리가 가까이에서 들리기 시작한
다. 가부좌를 틀고 앉았던 몸이 제대로 움직이질 않는다. 내
면에서 마음은 빠져나왔는데 몸은 꾸물거리고 있다. 눈을 뜨
고 세상 밖으로 나오니 한기가 느껴진다.

주변 정리를 하고 구석진 자리로 옮긴다. 따끈한 차를 마신
다. 염주를 돌리시던 꽃할머니도 기도가 끝났는지 옆자리로

오신다. 차를 한 잔 건넨다. 한쪽 다리를 절다시피 하며 다른 할머니 한 분이 우리 쪽으로 오신다. 꽃할머니 친구분이다.

"다리는 어떻노?"

"그렇지 뭐. 오늘은 쪼매 나은 것 같아서 몇 달 만에 왔어. 갓바위 부처님 만나는 게 낙인데 그것도 못하니 더 죽을 지경이라. 그런데 부처님한테 만나고 싶다고 애걸복걸하니 다른 길을 주네. 어느 날 갑자기 큰스님 법문이 생각나는 기라. 산 부처를 잘 섬기는 게 가장 좋은 일이라고. 여자들이 남편이야 굶든지 말든지 종일 절에만 있으면 안 된다 카면서 부처님은 어디에나 있으니 집안부터 편안하게 해놓고 오라켓던 말이 생생하게 들리는 기라. 영감 별나다고 나무라기만 한 게 부끄러워서 그때부터 삼배했지. 처음엔 영감이 별짓을 다한다고 뭐라 캐싸더니 지금은 같이 맞절해. 자기도 좋은 모양이야. 얼매나 부드러워졌는지 몰라. 저승 갈 날이 얼마 남지 않았는데 내가 이제 철드는 갑이라."

할머니의 이야기가 예사로 들리지 않는다.

이 광경을 내려다보신 부처님은 어떤 생각을 하실까. 일일이 말해 주지 않아도 저마다의 방법으로 기도하는 중생들을 기특하게 보고 계시는 것일까. 한 가지 소원은 꼭 이루어 준다는 갓바위 약사여래불. 많은 사람의 정성이 모여 기도가 이루어지도록 힘을 합쳐 밀어 올리는 것인지도 모르겠다. 부처님의 미소가 주변을 물들인다. 꽁꽁 묶인 속세의 근심 보따리가 미소에 녹고 있는 중인가 보다.

욕심

경부고속도로를 타고 가다 김천톨게이트에 내린다. 표지판의 안내를 받으며 국도를 따라 직지사로 향한다. 온통 푸른빛이다. 일렁이는 들판의 푸른 물에 마음을 풍덩 담그니 땀으로 젖은 몸이 금세 까닥까닥하다.

경북 김천시 대항면 운수리 대한불교 조계종 직지사. 워낙 유명한 곳이라 내 외국인의 발길이 줄을 잇는다. 절 입구부터 먹을거리와 볼거리가 다양하다. 여러 가지 나물반찬이 상다리가 휘청거릴 정도로 나오는 산채 정식을 먹는 즐거움도 크다. 백수 문학관에서 작가의 생을 더듬어 보는 것도 의미가 있다. 직지 문화공원의 조각과 시비가 눈길을 끈다.

각양각색의 조형물 앞에서 사진 촬영을 하는 예비 신혼부부의 모습이 눈부시다. 아직 남아 있는 더위의 끝자락과 부부

의 사랑이 더하기가 아니라 곱셈을 한 건가. 뜨겁다. 나에게
도 저런 시절이 있었지. 고소한 참깨 냄새에 아슴아슴한 기억
을 더듬는다. 낡은 기억이 먼지를 뒤집어쓰고 고개를 내민다.
"아주머니 조금만 뒤로 물러나 주세요." 사진기사 목소리가
나를 현실로 밀어낸다.

　직지사 경내로 들어선다. '직지사'라는 절 이름에 대해 정
확히 알 수 없지만 여러 가지 설이 있다고 한다. 절터를 잴 때
자를 사용하지 않고 손으로 재어 절을 지었다고 붙인 이름이
라고도 하고 선산 도리사桃李寺를 지은 아도화상이 손가락을
들어 저곳에도 좋은 절터가 있다고 하여 직지사라 했다고 한
다. 보물로 지정된 석조약사여래좌상과 대웅전 삼존불 탱화,
대웅전 앞 삼층석탑, 비로전 앞 삼층석탑, 청풍료 앞 삼층석
탑, 사명각, 비로전 천불전 등이 있다.

　비로전의 천불상 앞에 많은 사람이 모여 있다. 재미있는 전
설 덕분에 인기가 많은 곳이다. 천불상은 경주에서 나오는 옥
돌로 만들어졌다. 현세의 고통을 중생들과 함께 고민하고 해
결한다는 수많은 부처님이 조금씩 다른 모양을 하고 있어 신
비스럽다. 그중에 단 한 분은 부처님 탄생을 상징하는 탄생불
이다. 천불이라고 하면 현재의 겁에서 차례로 출현하는 구류
손불拘留孫佛, 구나함모니불俱那含牟尼佛, 가섭불迦葉佛, 석가모
니불釋迦牟尼佛, 미륵불彌勒佛을 비롯하여 마지막 천 번째의 누

지불樓至佛까지를 말한다.

멀찌감치 서서 탄생불을 본다. 다른 불상은 다 앉아 있는데 혼자 우뚝 선 벌거숭이 동자승이 나를 먼저 본 것인가. 과거를 다 알고 있다는 듯 빙긋이 웃는다. 구석진 자리도 아니고 한중간에 있는 걸 그땐 왜 눈에 들어오지 않았을까.

새댁 시절. 두 돌이 지난 큰아이를 데리고 어머님을 뵈러 갔다. 큰아이가 딸이다 보니 어머님은 아들이 있어야 한다며 둘째를 가지라고 은근히 채근하셨다. 터울이 뜨면 새삼스러워 키우기 어려우니 지금이 적당하다고 하시면서 당신 아들까지 닦달했다. 그게 마음대로 되는 일인가. 굳이 아들을 원한다면 방도를 찾아보겠지만 그것도 아닌지라 건성으로 대답했다. 어른 말씀을 듣는 시늉이라도 해야 하니까.

나의 속뜻을 짐작한 어머님께서 급했던지 엄명을 내리셨다. 아들 낳는 비법이 있다며 직지사 천불상을 보고 오라고 하셨다. 천 개의 불상 중에서 두리번거리지 않고 제일 먼저 벌거숭이 동자승을 보면 아들을 낳는다고 하시면서. 그때까지 별생각이 없었는데 어머님께서 자꾸 아들 타령을 하니 그래야겠다는 마음이 생겼다. 말씀을 듣고 보니 사실 여부에 관계없이 욕심이 생겼다. 광장처럼 넓은 곳도 아니고 부처상이 콩알만 한 것도 아닐 테니 그걸 못 찾을까. 모두 앉아 있는데 탄생불만 서 있다니 식은 죽 먹기가 아닌가. 당당하게 집을 나섰다.

천불상 앞에 모여선 사람들 사이를 비집고 들어가 고개를 든 순간 똑같은 부처상에 눈이 아렸다. 눈동자를 빠르게 굴려 구석부터 차례대로 더듬었지만 모두 비슷한 모습으로 앉아 있을 뿐 벌거숭이 부처상은 보이지 않았다. 당황하며 엉거주춤 서 있는데 남편이 뒤따라 왔다. 찾았느냐고 묻는데 옆에서 배가 산만한 새댁의 목소리가 들린다. "중간에 떡 하니 서 있네요." 그제야 눈에 들어왔다. 그런 전설이 있다면 아마 찾기 어려운 곳에 숨어있을 것이라는 예상이 빗나가니 혼란스러운 마음이 눈을 가린 것이다

탄생불을 찾지 못한 탓은 아니겠지만 둘째도 딸을 낳았다. 만약 우연히 직지사에 들러 천불상 앞에 섰다면 결과가 어떻게 되었을까. 누구라도 한눈에 볼 수 있는 벌거숭이 탄생불을 찾지 못한 것이 충격이었다. 욕심 때문이라는 걸 알 때까지.

욕심이란 무엇일까. 사전적으로 설명하면 어떠한 것을 정도에 지나치게 탐내거나 누리고자 하는 마음이다. 어떤 것이 누구에게는 욕심이고 누구에겐 당연한 것이 되기도 한다. 분간하기가 쉽지 않다. 욕심을 버리지 못하고 끙끙대는 중생들을 신이 내려다보고 있다면 어떤 생각을 할까. 적당한 거리를 두어야 하는 뜨거운 난로를 끌어안고 고통받고 있는 모습은 아닐지.

천불상의 전설. 모든 사람에게 희망을 주기 위해 만들어진 것이리라. 세상이 달라졌다고는 하지만 아들 딸 다 갖고 싶은 게 사람의 마음이니까. 누구라도 금방 찾을 수 있는 곳에 귀여운 모습으로 서 있는 탄생불. 제각각 다른 표정으로 앉아있는 불상이 사랑스럽다.

데칼코마니

친구 병문안을 가는 길이었다. '쾅' 하는 요란한 소리와 함께 순식간에 하늘과 땅이 뒤바뀌었다. 승용차 안에서 거꾸로 매달려 꿈인지 생시인지 정신이 멍해졌다. '밝은 대낮에 느닷없이 이게 무슨 일인가, 지진이 난 건가.' 상황 파악이 되지 않았다.

같이 타고 가던 친구들을 살폈다. 모두 겁먹은 표정이었다. 서로 괜찮다며 아무 일도 없을 것이라고 다독였다. 채 5분도 지나지 않아 사람들의 웅성거림과 구급차 사이렌 소리가 들리는가 싶더니 몸이 다시 원래대로 돌아왔다. 주위를 둘러보니 많은 사람이 걱정스러운 얼굴로 모여 있었다. 괜찮으냐고 염려하는 소리가 한꺼번에 귓전에 울렸다.

여러 사람의 도움으로 찌그러진 문을 억지로 열고 나왔다.

우리가 탔던 자리만 겨우 공간이 남아 있을 뿐 차가 종이를 구겨 놓은 것처럼 납작했다. 그에 비하면 우리는 두 대나 와 있는 구급차가 무색할 정도로 가벼운 상처만 입었다. 급하게 차를 바로 세우고 부서진 문을 여느라 주변 사람들 손이 상처 투성이다.

2.5톤 트럭이 소형 승용차를 들이받았다. 그것도 술에 취해서. 사고가 나자마자 주변 사람들이 구급차보다 먼저 달려왔다. 뒤집힌 차 속에 오래 갇혀 있었다면 어떤 사태가 벌어졌을까. 생각도 하기 싫다.

우연은 우주의 인연이라 했던가. 어떤 인연인지도 모르는 사람들이 사고 수습을 위해 미리 대기라도 한 듯 보내준 따스한 마음에 가슴이 뭉클했다. 구급차를 타고 병원으로 가면서 지난 그림 하나가 눈앞에 떠올랐다. 뒤집어진 차속에 갇혀 겨우 손가락 두 개를 펴 구조 요청을 하던 여인. 그녀의 공포가 감지되어 온몸이 떨렸다. 하지만 마음은 이상하게도 무언가에 이끌려 이성을 찾으려고 애썼다.

남편과 가끔 찾아가는 절이 있다. 소백산 자락 골짜기에 자리 잡고 있어 한적하고 사람들의 발길도 뜸한 곳이다. 비구니 스님 혼자 계시는 곳이라 도와줄 일이 많아 되도록이면 친구들을 비롯한 여러 사람과 동행한다. 특히 가을에는 산자락 곳

곳에서 농작물들이 익을 대로 익어 애타게 손길을 기다린다.

그날도 종일 산등성이를 오르내리며 잠시도 일손을 놓지 않았다. 할 일은 많은데 시간은 어찌나 빨리 가는지. 그림자가 키를 키우는 것을 보며 마음이 바빴다. 남은 일거리가 눈에 밟혔지만 갈 길이 멀어 두 눈 질끈 감고 하던 일을 마무리 지었다. 차가 안 보일 때까지 손을 흔드는 스님의 모습에 마음이 짠했다. 순전히 속세 사람들의 생각이겠지만 산골에 혼자 계시게 하고 돌아오는 발걸음이 무거웠다.

별생각 없이 바깥 풍경에 눈길을 주고 있는데 낯설었다. 늘 다니던 길이 아니었다. 갈림길에서 헷갈렸나 보다. 산골에선 해가 빨리 지니 금방 어두워질 텐데 어떡하나 난감했다. 표지판도 없고 인가도 보이지 않아 길을 물어볼 곳도 마땅치 않았다. 시골길은 복잡하지 않으니 가다 보면 다른 길이 있겠지 생각하고 계속 갔다.

모퉁이를 돌아오는데 승용차가 뒤집혀 있었다. 주변을 살펴보니 특별한 사고 흔적이 보이지 않아 수습된 모양이라 생각하고 지나쳤다. 그런데 갑자기 남편이 사고 난 차를 다시 살펴봐야겠다고 했다. 차 속에 사람 손인지 뭔지 움직이는 것이 얼핏 보였단다. 같이 타고 가던 남편 친구 부부는 별다른 걸 못 봤다고 했다.

한참 지나온 뒤라 날은 이미 어둑어둑해졌다. 네 사람 중에 혼자만 봤다니 그냥 가자고 우기고 싶었는데 남편이 그럴 생각이 없어 보였다. 되돌아가서 차 안을 들여다보니 아주머니 한 사람이 거꾸로 매달려 있었다. 안전띠가 말을 듣지 않아 칼로 자르고 부축해서 겨우 밖으로 나왔다. 외상은 없는데 얼굴이 핏기가 하나도 없고 몸을 잘 움직이지 못했다. 정신이 거의 나간 사람 같았다. 어디 다친 데 없느냐고 해도 연락처를 물어봐도 말을 제대로 하지 못했다.

잠시 뒤 가족과 연락이 되었다. 안정을 찾은 아주머니는 시계를 보더니 한 시간 가까이 그러고 있었다고 했다. 길가에 서 있는 빈 경운기를 보지 못하고 부딪혔는데 옆이 도랑이라 굴렀던 것이다. 중간에 차가 두 대나 지나갔는데 신호를 보내도 모르고 가더란다. 목소리도 나오지 않아 겨우 손짓만 했으니 그럴 수밖에. 우리 차가 그냥 지나가기에 '이젠 정말 뭔 일을 당하겠구나.' 싶었단다.

놀란 가족들이 달려오는 걸 보고 발길을 돌렸다. 갈 길이 바빴지만 남편의 말에 귀 기울여 주길 잘했다. 그 사람을 만나려고 늘 다니던 길을 잘못 들었나 보다. 늦은 저녁을 맛있게 먹으며 피로도 잊었다.

그로부터 서너 달 후 내가 당할 줄이야. 크게 다치지는 않았지만 입원해서 검사를 받는 동안 정신적 충격을 지우느라 많은 시간을 보내야 했다.

　초등학교 시절 미술시간에 데칼코마니가 생각난다. 어떤 모양을 만들겠다고 의도적으로 만든 그림도 예쁘지만 손 가는대로 물감을 찍어서 펼쳐보면 뜻밖의 멋진 그림이 나온다. 무심코 찍은 크고 작은 점들이 모여 깜짝 놀랄 만한 예술품으로 태어나기도 한다.

2부
돌아온 화살

밋밋하고 썰렁한 교실에 생기를 불어넣던 참꽃.
선생님과 친구들이 좋아하는 모습에 어깨가 으쓱했다.
꽃이 흔하지 않은 시절이라
어느 화원의 화려한 꽃보다도 귀한 대접을 받았다.
부족한 것이 많던 시절임에도 아버지의 사랑에 늘 가슴이 따뜻했다.

참꽃

베란다에서 내다본 산에 활기가 돈다. 하루하루 붉은 빛이 자리를 넓힌다. 참꽃이다. 찬바람의 시샘에도 꿋꿋하게 꽃망울의 수를 늘린다. 보드라운 꽃잎이 금방이라도 떨어질 듯 바람과 씨름한다. 바람막이 하나 없이 알몸으로 꽃부터 먼저 키워 내느라 무진 애를 썼나 보다. 잎의 보호를 받으며 천천히 피워도 좋으련만 뭐가 그리 급해 저리 고생 하는지 가슴이 아리다.

아버지 산소에도 꽃이 피었을까. 기억 저편에서 아버지가 걸어오신다. 당신보다 몇 배는 더 큰 나뭇짐이 솜뭉치인 듯 발걸음이 가볍다. 나뭇짐에 매달린 참꽃 한 다발이 어서 가자고 조른다. 참꽃은 어느새 기다림에 목이 늘어진 아이를 본 것이다.

초등학교 저학년이었던가. 온종일 세상을 비추던 해가 서산으로 몸을 숨기자 어둠이 한 발자국씩 들어선다. 골목 가득 오구탕 치며 놀던 아이들이 하나 둘 집으로 돌아가고 나만 혼자 남았다. 마을 어귀에 쪼그리고 앉아 아침 일찍 산에 나무하러 가신 아버지를 기다리는 중이다.

다리를 오므렸다 폈다 하다가 땅바닥에 그림을 그리다가 주니를 내는데 시간은 왜 이렇게 더디 가는지. 산모퉁이를 주시하던 초롱초롱하던 눈동자가 지쳐서 눈앞의 물체가 어른거린다. 같이 간 동네 아저씨들의 나뭇짐 행렬이 끊어진 지 한참이 지났는데도 아버지의 모습은 보이지 않는다. 매번 꼴찌로 오시는 걸 알면서도 조바심이 난다.

때가 되면 어련히 오실까 봐 들어와서 저녁부터 먹고 기다리라는 엄마의 잔소리를 들은 둥 만 둥 한다. 보다 못해 목도리로 싸한 공기를 막아주며 엄마도 합세한다. 어디쯤 오고 계시는지 머리를 긁어 보라고 한다. 억지로 내 손을 앞이마에 갖다 댄다. 그래야 빨리 오신단다.

어깨를 축 늘어뜨리고 골목길을 왔다갔다하다가 나는 갑자기 눈을 반짝이며 내달렸다. 이미 날은 어두워져 아버지 얼굴은 알아볼 수 없었지만 참꽃이 손을 흔들었다. 나를 보신 아버지도 걸음이 빨라졌다. 급하게 오다가 다치기라도 할세라 거기 있으라고 손을 저었지만 막무가내로 뛰었다. 인사도 않고 숨을 헐떡이며 기다림에 지쳐 토라졌다. 입을 삐죽 내밀었다.

추운데 왜 밖에 나와 있느냐고 걱정하시는 아버지 손을 뿌리치고 나뭇짐 꼭대기에 눈을 돌렸다. 내가 기다린 건 아버지가 아니라 참꽃이었다. 딸의 행동엔 아랑곳하지 않고 장난을 걸었다. 손을 잡지 않으면 오던 길을 되돌아가겠다는 시늉을 하셨다. 마지못해 손을 내밀었지만 마음은 콩밭에 가 있었다. 참꽃은 부녀의 실랑이에 눈치 보느라 얼굴이 더 붉어졌다.

가까운 산에서는 참꽃을 보기가 어려웠다. 땔감이 부족해 꽃대까지 잘라가는 바람에. 나무를 한 짐 해 놓고 꽃을 꺾으려 산속 깊이 들어갔다가 찾아 나오느라 애를 쓰신 것이다. 꽃 찾는 것에 열중해 날이 어두워지는 것도 잊었으리라.

힘들었을 아버지는 안중에도 없이 나는 밥상머리에서 신이 났다. 밥은 먹을 생각도 않고 꽃부터 물에 축였다. 궁둥이에서 비파소리가 나도록 들락거리며 꽃을 나누기에 바빴다. 몇 개의 사이다병에 봉오리와 활짝 핀 꽃을 고루고루 꽂았다. 동생도 주고 학교에도 가지고 갈 요량이었다. 좋아 어쩔 줄 모르는 딸의 모습에 정신을 빼앗긴 아버지도 밥상은 뒷전이었다.

밋밋하고 썰렁한 교실에 생기를 불어넣던 참꽃. 선생님과 친구들이 좋아하는 모습에 어깨가 으쓱했다. 꽃이 흔하지 않은 시절이라 어느 화원의 화려한 꽃보다도 귀한 대접을 받았다. 부족한 것이 많던 시절임에도 아버지의 사랑에 늘 가슴이 따뜻했다.

날이 갈수록 가슴에 새겨진 붉은빛이 선명해진다. 참꽃을 보면 가슴이 젖는다. 어둑한 산비알을 홀로 꽃을 찾아 헤매고 다니셨을 아버지. 허기지고 피곤한 몸을 자식들의 사랑으로 달래셨으리라. 아버지의 마음을 조금도 헤아리지 못한 철없던 아이가 원망스럽다.

'아버지, 남들은 다 집으로 돌아가는데 혼자 깊은 산중으로 다시 들어가시기 무섭지 않았나요? 배도 많이 고팠지요. 어서 진지부터 드세요.'

시간을 되돌릴 수 있다면 이 말씀을 드리고 싶다. 당신께서 정성스레 꺾어주던 그 참꽃을 이젠 내가 바칠 차례다. 서둘러 아버지를 찾아뵈어야겠다.

허수아비의 독백

친정집에 들렀다. 가을걷이가 대충 끝나 햅쌀을 찧어 놓았으니 가져가라는 어머니의 전화를 받고서다. 아직 밭작물이 손길을 기다리고 있어서인지 어머니는 보이지 않고 허수아비가 텃밭을 지키고 있다. 그도 가을걷이에 힘들었나 보다. 낯선 사람을 보고도 남루한 옷자락을 여밀 생각을 하지 않는다. 지나가던 바람이 어루만지며 옷매무새를 바로잡아 주자 그의 독백이 귓전에 울린다.

바쁘다. 가을엔 다들 그렇겠지만 나는 잠시도 한눈을 팔 수 없다. 황금 들판을 지키자면 밤잠까지 설쳐야 한다. 주인님이 봄부터 여름까지 잘 키워 맡긴 건데 제대로 돌봐야 한다. 움직일 수도 없는 몸으로 온갖 노력을 해야 한다.

한낮에 내리쬐는 열기가 뜨겁다. 옷을 다 벗어던져도 시원찮지만 그럴 수는 없다. 밤에는 느닷없이 나타난 초겨울 때문에 한기가 들어도 따뜻한 곳으로 자리를 옮기지 못한다. 온기 없는 달빛과 위로의 말을 주고받으며 몸을 데운다. 비가 내리는 날은 처량하기 그지없지만 이참에 목을 축이고 먼지 묻은 몸을 씻는다. 바람도 잘 구슬려야 한다. 마음에 없는 아양을 떤다. 살살 간지럼 태울 정도로 얌전할 때가 멋있다고 추켜세운다. 거세게 몰아쳐 모든 걸 다 쓰러뜨린 지난여름의 아픔을 호소하며 부드러운 사이가 되자고 먼저 고개를 숙인다.

종일 벌판에 홀로 서 있자면 귓속말만 하는 햇빛과 바람보다 참새가 나을 때도 있다. 온 동네 소식을 물고 와서 재잘거리는 모습이 귀엽다. 세상과의 통로가 되는지라 그들이 와서 떠들면 잠시 외로움을 잊는다. 지루한 시간을 재미있게 해줘서 고맙기는 한데 사실 나의 주된 임무는 이 녀석들을 쫓아내는 것이다.

먹성이 여간 아니라 난감하다. 그래도 녀석들이 다가오면 가슴이 뛴다. 내 차림새가 맘에 걸린다. 외모를 챙길 처지가 아닌 걸 알지만 몸집보다 턱없이 크고 낡은 옷이 남세스럽다. 하지만 겉이 무슨 소용일까. 실속 있으면 되지. 자위하며 개운치 못한 마음을 한곳으로 눙쳐둔다.

녀석들이 깔보고 설치는 꼴이 기고만장이다. 허름한 외모

만으로도 이미 눈 아래 보일 텐데 몸까지 자유롭지 못한 걸 알고 있으니 말해 무엇 하랴. 머리에다 똥을 싸고 팔에 걸터앉는 것은 예사다. 실컷 배불리 먹고 졸리면 어깨에서 잠까지 잔다. 예전에는 이 정도는 아니었는데 해가 갈수록 영악해져서 감당하기 어렵다. 괘씸하지만 큰 소리도 내지 못하고 한대 쥐어박을 수도 없어 분통이 터진다. 원래 이렇게 타고난 것을 어찌 수원수구誰怨誰咎하겠는가.

들머리집 아저씨는 고개를 떨어뜨린 지 오래다. 녀석들의 횡포에 두 손을 들고 말았다. 그 모습을 보고 기가 세졌다. 나도 질세라 오기가 생겼다. 부자유스런 몸이 장벽이 아니라는 생각을 하니 길이 보인다. 올해는 주인님에게 반짝이 줄을 매어 달라고 했다. 번쩍거리는 줄을 바람에게 부탁해 세차게 흔들어 댔다. 찧고 까불 때는 언제고 놀라서 이리저리 우르르 날아다니는 모습이 가관이다. 배를 불리기는커녕 굶주린 뱃속에서 나는 소리가 요란하게 들리는 듯하다. 분탕질한 대가를 혹독히 치른다. 깨소금 맛이다.

주인님의 발걸음 소리가 분주하다. 이젠 내 임무는 끝났다. 황금빛 들판을 오롯이 지켜 주인님께 바치니 떳떳하다. 텅 빈 들판이 허전하기도 하지만 성취감에 힘이 솟는다. 온 정성을 쏟았기에 흐뭇하다. 그런데 가슴 한쪽으로 스며드는 시린 바람의 정체는 무언가. 고단한 눈꺼풀이 의지와 상관없이 내려 않는다.

　어머니의 삶이 허수아비를 닮았다. 자식들을 위해서라면 눈비를 맞는 건 예사였으리라. 뜬눈으로 밤을 지새운 날이 어디 하루 이틀이었으며 어느 하루 편히 귀잠 든 날이 있었을까. 노쇠한 육신이 허수아비의 남루한 옷차림과 무엇이 다르랴. 지금도 자식들에게 보탬이 될 궁리만 하시는 마음이 뜨겁다 못해 쓰리다. 멀리 들판 길을 서둘러 걸어오시는 어머니의 모습이 보인다. 급한 몸짓과 달리 속도를 내지 못하는 걸음걸이가 어둔하다. 긴 세월 이고 오신 삶의 무게가 이젠 힘에 부치는 모양이다. 콧등이 시큰하다.

돌아온 화살

　번잡한 일상과 잠시 이별하는 길이다. 생각지도 않았는데 아이가 따라 나선다. 아무도 없는 동안 혼자서 먹을 것 챙기고 집안정리하며 고생해 봐라 싶었는데 눈치를 챈 것일까. 무슨 적선이라도 하듯 다른 계획을 포기하고 휴가를 같이 보내겠다고 한다. 청개구리 짓을 골라서 하는 것 같아 마뜩찮다.

　깊은 산속이라 컴퓨터도 없고 휴대폰도 텔레비전도 제 기능을 할 수 없는 곳이라 심심할지 모른다고 해도 괜찮단다. 들리는 소리라고는 염불소리뿐이라고 해도 개의치 않는다. 어떤 이유에도 굴하지 않기로 마음을 굳힌 것인가.

　주파수를 맞추지 못해 삐삐거리는 관계를 조율하기 위해 며칠이라도 떨어져 지내고 싶었다. 그 참에 가족의 소중함을 되짚어봤으면 했는데 물거품이 되어 버렸다. 억지로 따라 붙은 아이가 걸렸지만 할 수 없이 마음을 다진다.

차창 밖으로 스치는 풍경에 눈길을 돌렸다. 무성한 나무들이 길을 막아 끝인가 싶으면 다시 모퉁이를 돌아 이어지는 길. 꼬불꼬불한 길을 몇 바퀴나 돌아 주위가 고자누룩한 걸 보니 도시는 완전히 벗어났나 보다. 절은 아직 그림자도 보이지 않고 이정표를 앞세운 주변 풍경이 지루함을 쫓아낸다.

생명 있는 모든 것은 열악한 환경에서 초능력을 발휘한다고 했던가. 다닥다닥 붙은 계단식 논에선 용하게도 벼들이 늠름하게 자라고 있다. 어렵게 물을 얻어 마신 고통의 대가인지 꼿꼿하게 뿌리를 내렸다. 좁은 길가에 도열해 있는 천인국도 태양의 열기에 견디느라 노란빛이 한층 진하다. 나직한 키에 겸손이 묻어난다.

순리를 잘 따르고 있는 자연 앞에서 갈팡질팡 헤매고 있는 자신이 한없이 초라하다. 서로 고마워하고 안타까워하며 있는 그대로 받아들이면 좋으련만 한구석도 맞아 떨어지지 않는다. 팽팽히 맞선 줄이 끊어질듯 위태롭다.

아이의 방은 시장 난전도 울고 갈 판이다. 잔소리가 목까지 올라오는 걸 꾹 참고 정리를 해 줘도 아무 반응이 없다. 고마워하거나 반성하리라 기대했는데 찬물을 끼얹는다. 허락도 없이 함부로 손을 댔다고 도리어 화를 낸다. 아이의 시계는 거꾸로 가는지 밤을 낮 삼아 다닌다. 귀가 시간을 늦춰 주면

줄수록 더 늦어진다. 산으로 가라면 들로 가기로 작정이라도 한 것인가.

앞이 캄캄하다. 보듬어 주며 개선책을 찾고 싶은데 아이는 외면한다. 난 고슴도치 엄마인가. 다가가면 갈수록 아이는 아파한다. 어느 것이 가시인지 아닌지 분간할 수가 없다. 그렇다고 안아 주기를 포기하자니 무책임한 자신이 용납되지 않는다.

방문 앞에 놓인 하얀 고무신이 손님을 맞이한다. 문을 열자 구수한 흙냄새가 물씬 풍긴다. 오래 비워 두었는지 벌레들이 빌려 쓴 흔적이 여기저기 남아 있다. 단정하게 정리된 이부자리도 부동자세가 지겨웠나 보다. 짐을 내려놓자 쌓인 먼지가 풀썩 날린다.

개울가에 자리를 잡았다. 온몸이 오싹하다. 여름이 위력을 잃은 모양이다. 빽빽이 들어선 나무, 개울이 비좁도록 넘쳐흐르는 물, 숲 사이로 보이는 하늘엔 구름의 움직임이 한가롭다. 바람의 지휘 아래 자연의 합창이 평화를 선사한다. 아이는 무슨 생각을 할까.

유리알 같은 개울바닥을 더듬으며 송사리 떼를 쫓아다느니라 정신이 없다. 나무 그늘에 누워 낮잠도 자고 배 깔고 엎드려 책도 읽는다. 산등성이까지 땀을 흘리며 올라가 풀꽃을 꺾어다 물병에 꽂아 놓기도 한다.

가로등 하나 없는 캄캄한 밤엔 어릴 적 외할머니 댁에서의 추억을 펼쳐 보인다. 불꽃놀이를 하듯 무리지어 날아다니는 반딧불이의 빛이 이렇게 밝은 줄 몰랐단다. 고개가 아프도록 하늘을 올려다본다. 수만 개의 꼬마전구를 달아 놓은 듯 반짝이는 별빛에 눈을 떼지 못한다.

잠꾸러기가 새벽같이 일어나 이슬 머금은 숲길을 산책한다. 어린 시절 이후 실로 오랜만이다. '맞아. 아이의 마음에 저런 구석이 있었지. 내보일 상황이 없었다 뿐이지. 고운 마음이 있었구나.' 같은 파장을 찾지 못해 힘들어 한 시간들이 하나 둘 흐릿해진다.

마음 한구석의 덩어리가 풀리는가 싶더니 이제까지 들리지 않던 소리가 들렸다. 경내 가득 애잔하게 울려퍼지는 부모은 중경. 그게 왜 이제야 귀에 들리는 것일까. 뜨거운 눈물이 소리 없이 뚝뚝 흘렀다. '난 부모에게 뭐 그리 잘난 딸이라고.'

돌아보면 나에게도 모난 구석이 많았다. 철없던 시절을 망각했다. 잔병치레가 잦아 쟁쟁거리는 통에 어머니의 귀엔 매미소리가 떠나지 않았다. 입이 짧아 먹는 것도 까다로웠다. 중학생이 되어서도 제 손으로 밥 한 끼 찾아 먹을 줄 모르고 어머니 손만 기다렸다. 바쁜 농사철 일이라도 거들 나이에 기가 찼으리라.

아침마다 머리 손질하다 시간 다 보내고 등교 시간이 조금만 늦으면 밥을 먹지 않겠다고 애를 태웠다. 그래도 크게 야단 한번 치지 않으시고 그 청을 다 들어 주셨다. 몸이 건강하지 못하니 그런 것이라 안쓰러워하며 오히려 당신 탓을 하셨다.

말로 받은 사랑을 잊고 되로 주는 것도 억울해 하는 자신이 한심하다. 당장 어른이 되라고 연습 기간도 주지 않고 몰아세웠다. 아이를 향해 보냈던 화살이 방향을 바꿔 나를 겨눈다. 부모은중경의 구절구절이 온 전신을 쏜다. 눈먼 구렁이 갈밭에 든 심정이랄까. 아이를 부둥켜안았다. 두 불기둥이 하나가 되어 눈물바다를 이루었다. 그림자의 주체가 자신이었음을.

무단침입한 손님을 경계하던 산새가 재재거림을 멈추고 숙연해졌다. 개울물도 콸콸 흐르며 마음속의 찌꺼기를 다 털어 내 버리라고 물살에 속력을 낸다.

오래된 이야기

    기억에는 여러 종류가 있다고 한다. 그중에서 따스함, 두려움, 분노 등 감성과 관련된 것은 '정서 기억'이다. 정서 기억은 뇌 질환으로 잘 타격 받지 않는 '편도체'라는 곳에 보관된다. 한 정신과 의사는 정서 기억을 인생의 통조림이라고 한다. 몇 십 년이 지나도 보존되는 생활의 잔존물이자 감정의 흔적이라는 뜻이다. 질긴 기억 한 토막을 꺼내본다.

    추석날 아침이다. 아빠가 세 살 된 딸아이를 데리고 큰댁에 가는 길이다. 만삭인 엄마는 아이만 보내는 것이 염려스럽다. 동생이 언제 세상 구경을 나올지 몰라 같이 갈 수 없다며 부녀의 손을 맞잡아 준다. 아이는 불안한 눈빛으로 두 사람을 번갈아 본다. 영 내키지 않는 모양이다. 엄마는 혼잣말로 중얼중얼 잔소리를 늘어놓는다. 바쁘다는 핑계로 평소에 잘 놀

아주지 않아 이 지경을 만든 아빠가 못마땅한 것이다. 끌려가다시피 집을 나서는 아이는 엄마한테서 눈을 떼지 못한다. 울지 않는 것만도 다행이다. 엄마는 안쓰러워 얼른 현관문을 닫는다. 그래야 단념하고 따라갈 것이다.

아이 얼굴에 울음이 가득하다. 어느 한 곳만 건드리면 수돗물처럼 줄줄 흘러내릴 태세다. 아빠의 구애작전이 시작된다. 할머니, 할아버지 만나 맛있는 것 먹고 언니 오빠하고 재미있게 놀자고 꼬드긴다. 있는 말 없는 말하며 유혹해도 눈길 한 번 주지 않는다. 아빠도 아이만큼 불안하다. 시외버스를 타고 한 시간이나 가야 하니 울음이라도 터뜨리면 큰일이다.

버스에 오른다. 자리에 앉아 주위를 살피던 아이가 입을 삐죽인다. 눈자위가 붉어지는가 싶더니 겁에 질린 표정으로 울기 시작한다. 차는 이미 고속도로를 달린다. 울음소리에 차 안의 사람들 눈길이 쏠린다. 아빠가 안았다가 업었다가 하며 이런저런 말로 달래도 소용없다. 당황스러워 상기된 얼굴에 땀이 줄줄 흐른다. 주위 사람들이 안타까운지 겨끔내기로 먹을 것을 주며 말을 건다. 아이는 아랑곳하지 않고 발버둥치며 목이 쉬도록 운다.

부모는 어디 가고 어쩌다 어린아이를 총각이 데리고 나와서 고생을 시키느냐고 혀를 차는 분도 있다. 심지어 어떤 이는 아이와 어떤 관계냐고 묻기도 한다. 저러다 병나겠다며 격정하는 소리에 아빠는 더 당황한다. 애동대동한 얼굴에 어설프게 아이를 대하는 남자가 아빠라고는 생각도 못한 것이리라. 이 난리에 자신이 누구라고 말하기 부끄럽고 어이없어 입을 다문다.

한 시간이 어떻게 지나갔는지 차가 목적지에 도착하자 아이는 겨우 울음을 그치고 엄마한테 가자고 조르기 시작한다. 할머니만 잠깐 보고 집에 가자고 달래며 큰댁에 들어선다. 자초지종을 들은 식구들은 제사가 끝나기 바쁘게 어서 가라고 등을 민다.

돌아오는 버스에서 기진맥진한 아이는 잠이 든다. 시달린 아빠도 같이 곯아떨어진다. 기사 아저씨의 깨우는 소리에 눈을 뜬다. 낯익은 풍경에 안심되었는지 아이가 먹을 것을 찾는다. 오죽 배가 고팠을까. 과자를 입에 물고 조금 전의 악몽은 잊은 듯 집으로 들어선다. 저녁때나 되어야 오리라 짐작하고 있던 엄마는 부녀의 등장에 깜짝 놀란다. 그런데 두 사람 차림새가 이상하다. 아이의 눈이 떼꾼하고 얼굴엔 땟국물이 말라붙었다. 아침에 나갈 때 예쁘게 빗어 묶은 머리는 풀어져 수세미가 따로 없다. 아빠는 오자마자 소파에 풀썩 쓰러지고 아이는 엄마 품을 파고든다.

우선 상부터 차린다. 밥을 먹고 나니 두 사람의 표정에 생기가 돈다. 아이는 놀이에 빠져 일인 몇 역을 하는지 입이 바쁘다. 혀가 제대로 돌아가지 않아 어설픈 발음으로 '아빠와 크레파스'를 흥얼거린다. '하필 왜 그 노래야.' 물끄러미 바라보던 아빠가 그동안의 일을 이야기한다.

엄마의 핀잔이 이어진다. 맨날 오밤중에 들어오니 아이와 놀 여가가 있었을까. 세상 돈은 혼자 다 버는 건지. 유괴범이라고 신고 당하지 않았으니 다행이네. 안 그래도 곧 동생 태어나면 언니 노릇 해야 되는 게 마음 아픈데 그 야단을 치느냐고 언짢은 소리를 한다. 아빠는 힘든 마음을 위로받고 싶었을 텐데 외려 혼났다.

이십여 년 전의 이야기다. 명절만 다가오면 남편은 재미삼아 한다. 이제 성인이 된 딸도 기억이 어렴풋하지만 들을수록 재미있다며 깔깔 웃는다. "아빠 반성 마아니 했겠네요." 훈수까지 두면서. 충격과 당혹스러움이 세월에 곰삭아 부녀에게 맛깔나는 추억이 되었나 보다. 하지만 내 마음속의 시계는 멈춘 것인가. 이십여 년 전이나 지금이나 똑같이 반응한다. 시집갈 나이가 다된 딸의 엉덩이를 세 살 적 그때인 듯 안타까운 마음으로 어루만진다. 아빠라는 사람이 그게 자랑이냐고 눈을 흡뜬다. 들을 때마다 가슴 아려 눈물을 찔끔거린다. 뭐 덕 볼 게 있다고 긴 세월에도 변하지 않고 꼬장꼬장하게 살아 있는 옹졸함. 인생의 통조림 속에 깊이 들어 있는 이 꼬인 생각을 어찌 풀까.

초롱이

너무 하찮아

처음엔 눈에 들어오지도 않았다. 너희 아버지 빈자리만 보였어. 만사가 귀찮고 성가셔서 녀석을 챙길 마음이 생기지 않았지. 내 밥도 챙겨 먹기 싫은데 어찌나 낑낑대는지 할 수 없어 일어나 꿈지럭거렸지. 밥 주고 안아주고 하다 보니 이상하게 활기가 생기더구나. 너희가 지어준 이름을 처음으로 불러봤어. 초롱이. 이름처럼 초롱초롱한 눈망울이 애처로웠단다. 낯선 곳에서 어린것이 어미 품이 얼마나 그리울까. 일거리가 아니라 부지런을 떨어야 할 이유가 됐어.

들에 나갔다가 어둑해질 무렵 대문에 들어서면 쪼르르 달려나와 꼬리를 흔들고 드러누우며 자지러지는 거야. 빈집이 아니었구나. 초롱이가 있었지. 쓸모없는 노인네를 어느 누가 이렇듯 반길까. 녀석의 재롱에 피곤함이 싹 가셨다. 애교가 많고 영리해서 말귀도 곧잘 알아들었어.

웬만큼 자라 강아지 티를 벗으니 들까지 나를 찾아오는 거야. 비가 부슬부슬 내리던 어느 날 하던 일을 매조지고 간다고 좀 늦었거든. 들판에 사람이 아무도 없으니 으스스하더구나. 배고픈 것도 잊고 바삐 움직였지. 녀석이 목이 빠지도록 기다리겠다는 생각에 마음이 급했다. 느낌이 통했던가 봐. 이상한 소리가 나서 돌아보니 밭 들머리에서 꼬리를 흔들며 반갑다고 소리를 지르잖아. 앞서거니 뒤서거니 달빛을 가로등 삼아 들길을 여유롭게 걸어왔단다. 그것도 생명이라고 옆에 있으니 없는 것보다 낫더라.

그러던 녀석이 과수원집 암캐하고 바람이 났지 뭐야. 오며 가며 눈이 맞은 모양이야. 어느 날 녀석이 없어져서 온 동네를 뒤졌는데 과수원집 아주머니한테서 연락이 왔어. 선걸음에 달려갔지. 나를 외면하고 슬슬 뒷걸음질치는 걸 억지로 데려다 놓았더니 한밤중에 그 집으로 도로 가고 말았어. 그러기를 여러 번, 이젠 나를 보면 도망을 가더구나. 만날 저 혼자 있었으니 외로웠겠다 싶다가도 서운하대. 과수원집 아주머니가 매어 놓으라고 했지만 마음 떠난 녀석 잡아 놓으면 뭘할까 싶어 그 집에서 같이 키우라고 했어. 사람이나 짐승이나 어릴 때야 어미가 필요하겠지만 크면 아무 소용없지 뭐.

그럴 수밖에 없었어요

나만 나무라지 마세요. 나라고 영원히 할머니 하고만 살 수 없잖아요. 내가 인형인가요. 생명이 있으니 자라는 것이고 자라면 짝을 찾는 게 당연한데 죄인 취급하지 마세요. 물론 이런 식으로 할머니 곁을 떠나온 건 잘못이지만 나름대로 고민이 많았어요.

처음 할머니를 만났을 때가 생각나는군요. 갑자기 엄마를 떠나 캄캄한 밤중에 통속에 담겨 할머니 집에 왔지요. 두려움과 외로움도 잠시, 많은 식구가 어찌나 귀여워해주던지 어리둥절하면서도 신이 났어요. 허나 그리 오래가지 않았어요. 자고 일어나니 할머니와 덩그러니 둘만 남았지요. 지난밤 풍경이 꿈이었나 싶어 당황스러웠어요.

며칠이 지나자 알게 되었지요. 그 많은 식구는 같이 살 사람이 아니라 잠깐씩 다녀가는 사람들이라는 걸. 내 일도 할아버지의 빈자리를 메우며 혼자된 할머니를 외롭지 않게 해드리는 것이라는 걸.

동네엔 친구나 아이도 보기 드물고 맨 노인뿐인데 그나마 농사철이 되면 모두 들로 나가고 늘 혼자였어요. 예전 우리 조상이 도둑을 지키던 때가 위험하기는 해도 속은 편했겠구나 싶대요. 요즘은 사람들의 장난감이 되어야 하니 힘들어요. 자존심 상할 때도 잦고요.

오직 할머니만 바라보며 종일 기다리는 게 일이었지요. 혼자 멍하니 있으니 시간이 아까워 뭐라도 하고 싶은데 내 힘으로는 어쩔 수가 없잖아요. 사료만 축내며 존재감도 없이 왜 살아야 하나 싶은 생각이 들었어요. 사람들을 위로하려다 내가 위로받아야 하는 건 아닌가 싶기도 했고요.

혹 호강에 겨워 그런다고 할지도 모르겠지만 편하다고 무조건 좋은 것만 아니잖아요. 힘들어도 보람이 있으면 기꺼이 감당할 수 있는 것처럼요. 표현을 못해서 그렇지 우리도 사람들과 별로 다르지 않아요. 그러던 차에 과수원집 아가씨를 알게 됐어요. 첫눈에 제 짝으로 점찍었지요. 여태까지 그날이 그날이었는데 하루아침에 달라졌어요.

마음 같아선 할머니와 오래오래 살고 싶었지만 제 길을 찾아야겠기에 집을 나왔어요. 당신들은 자식이면서 할머니를 저한테만 맡겨 놓으면 어떡해요. 할머니께서 말씀으로는 내가 있어서 외롭지 않다고 했지만 어디 자식만 하겠어요. 이참에 효도하세요.

......

며칠 전부터 어머니 목소리에 힘이 없었다. 별일 아니라고 걱정 말라시는 데 느낌이 심상치 않았다. 허둥지둥 갔더니 하소연을 하셨다. 화난 마음을 억제할 수 없어 어머니의 만류도 뒤로

하고 숨을 헐떡이며 과수원집으로 달려갔다. 어미젖이 모자라 눈도 제대로 뜨지 못하는 걸 데려다 키웠더니 바람이 나서 집을 나갔다고. 듣던 대로 나를 보더니 슬그머니 집으로 들어가 제 짝 엉덩이에 얼굴을 묻었다. 한참 쪼그리고 앉아 불러내려 애쓰다 녀석의 등을 보며 변명을 읽었다. '듣고 보니 네 말이 맞다. 할 말이 없네.' 씩씩대며 달려갈 때와는 달리 호령은커녕 눈도 못 맞추고 힘없는 걸음을 터덜터덜 옮겼다.

아버지 돌아가시고 혼자 계실 어머니가 걱정되어 몇 달 동안 사 남매가 주말마다 돌아가면서 들렀다. 그러다가 시간이 여의치 않아 에멜무지로 강아지를 한 마리 구해다 드렸다. 어머니는 강아지를 탐탁찮게 여겼다. 정 붙이면 혼자 계시는 것보다 낫지 않겠느냐고 억지로 디밀었더니 다행히 날이 갈수록 좋아하셨다. 녀석 덕분에 마음이 홀가분해져서 고맙고 기특하게 여기고 있는 터인데 이런 일이 벌어졌다.

하룻밤이라도 같이 지내면서 허전한 마음을 풀어 드려야 되겠다 싶으면서도 연신 시계에 눈길이 갔다. 아이들이 돌아올 시간이라 온통 그 생각뿐이었다.

"어서 가봐라. 아이들 기다릴라. 그까짓 개 한 마리 없어졌다고 못살까."

어머니의 가라앉은 목소리를 뒤로하고 주섬주섬 짐을 챙겼다. 초롱이를 나무라 무엇하리.

쓴맛

방학을 맞은 아이가 게으름에 젖어 허우적댄다. 이성은 나들이 보내고 감정이 시키는 대로 움직이며 달콤함에 빠져 헤어날 생각을 않는다. 곧 제자리를 찾으리라 믿으며 지켜보고 있자니 속이 터진다. 산책이라도 하며 풀어야 할 것 같아 밖을 내다보니 하늘에 구멍이라도 난 듯 무더기비가 쏟아진다. 잠시 열이 식는가 싶더니 며칠 전 집안일을 하다가 다친 팔이 욱신거린다.

오후가 되니 비가 멎는다. 불편한 심기를 눈치 챈 남편이 앞산에라도 갔다 오자며 아이를 구슬린다. 날씨가 무덥고 비도 오락가락하는데 산행을 좋아하지 않는 아이가 선뜻 응할리 없다. 남편은 힘들게 산에 올라 땀을 흘리고 나면 몸이 얼마나 가뿐한지, 비 온 뒤의 산 냄새가 얼마나 상쾌한지 열을 내어 설명한다. 아이는 내 눈치를 살피며 이러지도 저러지도 못한다. 난감하기는 나도 마찬가지다. 게으름의 늪에서 아이를 빠져나오게 할 좋은 기회지만 아직 비를 머금고 있는 하늘을 보니 남편 혼자 가는 것도 신경쓰이고 아이 등을 떠미는 것도 내키지 않는다.

남편과 아이는 서로 자기편을 들어줬으면 하는 눈빛이다. 이편도 저편도 들지 않는 편이 그나마 본전은 할 것 같아 어정쩡한 표정으로 대답을 대신한다. 아이는 마지못해 불퉁한 표정으로 따라 나선다. 물과 간식을 배낭에 넣고 우산과 비옷을 챙기려니 남편은 비가 그친 것 같다며 기어이 넣지 말라고 한다.

식구들이 나가고 조용한 집에 혼자 남았다. 오붓한 시간을 어떻게 보낼까. 우선 따끈한 커피부터 마신다. 콧노래를 흥얼거리며 책상 위에 쌓아 놓은 책을 펴든다.

평온한 시간은 그리 길지 않았다. 갑자기 주위가 어두워지더니 천둥 번개가 친다. 이어 비가 쏟아진다. 방금 전까지 햇빛이 쨍쨍했는데 이런 변덕이라니. 마음도 온통 먹구름이다. 남편과 아이는 중턱에도 가지 못하고 바로 내려오겠지. 베란다 쪽에 눈길을 고정시킨다.

시간이 지날수록 빗줄기가 굵어진다. 불안한 마음으로 집 안을 서성거리다 우산을 들고 밖으로 나온다. 싫다는 아이를 데리고 갔으니 그 원망을 어떻게 들으랴. 비옷을 억지로라도 넣을 걸. 휴대폰도 두고 갔다. 연락할 방법이 없다. 이런저런 생각들이 꼬리에 꼬리를 물고 머리를 어지럽힌다. 다시 집으로 들어와 밖을 내다본다.

목이 길어지다 못해 뻣뻣해 올 즈음 초인종이 울린다. 남편과 아이는 비에 흠뻑 젖어 깡통만 하나들면 어린 시절 본 걸인의 모습이다. 그런데 표정은 의외다. 극기 훈련을 마치고 늠름하게 돌아온 교관과 학생이다. 수건을 건네도 닦을 생각을 않고 서로 이야기를 하려고 야단이다.

재바른 아이가 먼저 말문을 연다. 중간쯤 가다가 비가 쏟아졌는데 옷은 이미 젖었고 이왕 나선 길 정상까지 갔단다. 빗길을 헤치고 올라가느라 배가 홀쭉하여 바위틈에 쪼그리고 앉아 간식을 먹었다. 비를 피해 있던 모기떼가 달려들어 팔다리 여러 곳이 물렸다. 하산 길에는 빗줄기가 굵어져서 빨리 오려고 지름길로 들었는데 길을 잃었다. 가풀막진 풀숲을 헤치고 무작정 아래로 내려왔다. 긁히고 넘어지면서 철벅철벅 흙탕물 속을 걸었다. 처음엔 무섭고 힘들었지만 오기가 생기더란다. 탐험하듯 짜릿했단다. 비오는 날 작정하고 산행을 하기는 쉽지 않은 일. 우연히 주어진 기회를 즐기고 싶은 생각이 들었던가 보다.

느닷없이 쏟아진 소나기가 고맙다. 아이에게서 게으름을

떼어내자면 한바탕 소동이 일었을 텐데 기분 좋게 떨어져 나
갔으니 말이다. 달콤함에 늘어져 있다가 본 쓴맛에 혼이 났으
리라. 하지만 그 뒤의 단맛을 제대로 느낀 모양이다. 생기가
돌고 눈빛이 반짝인다.

소나기

별안간 주위가 캄캄하다. 창문을 여니 하늘빛이 낯설다. 소나기가 올 모양이다. 치워야 할 마당이 있는 것도 아닌데 괜히 바깥을 두리번거린다.

어릴 적 일이 생각난다. 갑자기 소나기가 내리는 날은 온 동네가 분주하다. 어른들은 봇도랑이 넘치지 않게 도구를 치고 방천에 매어 놓은 소를 몰고 오느라 바쁘다. 아이들은 아이들대로 마당설거지에 마음이 급하다. 바지랑대가 힘겨울 정도로 널려 있는 빨래도 걷고 곳곳에 흩어져 있는 농기구도 헛간으로 들여야 한다.

하늘이 손에 잡힐 듯 내려앉는다. 천둥소리가 들리는가 싶더니 흘레바람이 몰아친다. 잡다한 가재도구들이 바람과 맞서다가 결국 밀리고 만다. 허공을 날고 이리저리 부딪치며 비명을 지른다. 노는 데 빠져 예고를 귓등으로 듣고 비가 후두두 떨어질 때쯤에야 부랴부랴 집으로 달려간다. 출발이 늦었으니 소나기를 앞지르긴 글렀다. 결국 다 치우지 못해 엄마의 꾸중을 들었다.

소나기가 싫다. 멈칫거리다 보면 손쓸 여유도 없이 마당에 물이 홍건하다. 힘겹게 젖은 물건을 옮겨 놓았는데 금세 해가 나는 바람에 다시 꺼내 놓아야 하는 게 일쩝다. 소나기는 순식간에 주위를 아수라장으로 만들어 놓고 사라진다. 눈물도 마르기 전에 웃음을 머금은 변덕스런 아이를 보는 듯하다. 느닷없이 쏟아지니 여차하면 뒤통수 맞기 십상이다.

며칠 전 일이다. 밥상머리에서 큰소리가 났다. 아이가 밤늦게까지 컴퓨터에 매달려 있는 걸 남편이 여러 번 본 모양이다. 그때 바로 타이르고 아이 단속하라고 일러줬으면 얼굴 붉힐 것 없이 지나갔을 일이다. 며칠을 계속 그러고 있으니 부아가 났던지 소리를 지른다. 엄마라는 사람이 아이는 뭐하는지도 모르고 잠만 잤다고 전후 사정도 물어보지 않고 열을 낸다. 무조건 내 책임만 물으니 말문이 막힌다. 자식교육이 어느 한 쪽만의 일인가.

화를 혼자 감당할 수 없어 아이한테 쏟아 붓는다. 엄마가 믿어 줬으면 약속을 지켜야지 왜 분란을 일으키느냐고 야단친다. 천둥 번개를 동반한 소나기가 집안을 훑고 지나간다. 온 집안이 축축하다. 소설 속의 소나기는 고운 사랑을 만들어 주건만 현실은 부담이다. 잠시 숨을 고르고 햇빛을 기다린다.

남편은 웬만해선 잔소리를 하지 않는 편이다. 속도 모르고 남들은 좋겠다고 하지만 모아 두었다가 한꺼번에 쏟아내니 당황스럽다. 약간의 여유도 주지 않는다. 햇볕에 깔깔하게 마른빨래가 물을 흠씬 뒤집어쓴 것 같다고나 할까. 성질을 알고 있으면서도 대처하기가 어렵다. 그렇다고 늘 눈치를 살피고 있을 수도 없는 노릇이니 난감하다.

빗소리가 분답다. 메마른 땅에 사정없이 내리친다. 굵은 빗줄기에 얻어맞은 잎이 맥없이 축 늘어진다. 작은 꽃잎은 떨어지지 않으려 안간힘을 쓴다. 더러는 미련없이 흙바닥에 내려앉는다. 제멋대로 튀는 빗줄기 속에 꽃보라를 만든다. 떠날 날이 얼마 남지 않아 불안한 참에 핑계를 잡은 듯하다. '호된 소나기만 아니었으면 고운 자태를 더 볼 수 있을 텐데.' 사람들의 애석해 하는 마음이 위로가 될는지. 푸슬푸슬한 흙도 놀라 사방으로 흩어진다. 급작스럽게 쏟아지니 단비를 제대로 흡수도 못한다. 화단 틈새로 흙탕물이 흐른다.

속성을 어쩌지 못하는 소나기를 탓해 무엇하랴. 나무들은 놀라움에 잠시 주춤하겠지만 곧 힘이 될 것이다. 꽃잎이 진자리에 새움을 틔우고 연한 잎은 더 진한 색으로 튼튼하게 키워가리라. 위기를 기회로 삼을 것이다. 한차례 물청소를 하고 난 뒤의 산뜻함을 즐기는 배포가 생기지 않을까. 한층 성숙해진 나무를 상상한다.

어느 시인은 사랑이란 가슴과 눈빛, 손끝이 하는 언어를 읽어내는 것이라고 하지 않았던가. 마음을 가라앉히고 화난 마음 너머를 보면 안타까움과 사랑이리라.

멈춘 리모컨

어쩌다 텔레비전의 리모컨이 고장나면 식구들은 난리다. 잠시 움직이면 될 것을 귀찮다는 기색이 역력하다. 자동에 길든 게으름에 웃을 수도 울 수도 없다. 아예 리모컨을 없애 볼까 짓궂은 생각을 해 보기도 하지만 원성을 감당해낼 자신이 없어 이내 접는다. 일상에서 빠르고 편리함만 강조하다 보니 정작 중요한 것을 놓치는 경우가 허다하다. 공장에서 물건을 만드는 일이라면 백 퍼센트 적용해도 되겠지만 복잡한 삶은 한쪽으로만 치우쳐서야 할 일인가. 한편에선 '느림의 미학'이니 '슬로우 시티'니 떠들고 있으니 아마도 나만 안고 있는 돌덩이는 아닌 모양이다.

딸아이의 손에 자청해서 쥐여 준 '엄마'라는 리모컨. 고등학교 졸업할 때까지 충실히 리모컨의 임무를 다했다. 눈빛만 보고도 원하는 걸 척척 대령하며 공부를 제외하고는 무엇이든 대신했다. 아이도 요술지팡이처럼 요긴하게 썼다. 우린 한올진 사이였다. 열심히 쓰라고 늘 빵빵하게 충전된 상태로 거의 스물네 시간 아이 손에 들려져 있다시피 했으니까. 입시생을 둔 엄마가 할 수 있는 유일한 일이라 생각했다. 공부 말고 다른 건 아무것도 눈에 들어오지 않았다. 이러다가 아이를 바보 만드는 건 아닌가. 가끔 나중 일이 염려되었지만 바람처럼 흘러보냈다. 곧 닥쳐올 회오리바람을 우습게 생각했다.

입시지옥이란 관문을 통과하고 나니 집안은 온통 먹구름이다. 쨍쨍한 햇빛도 기웃거리다 슬며시 달아난다. 딸아이와 얼굴만 맞대면 큰소리가 난다. 서로 주장만 하고 받아들이는 사람은 없으니 말은 소음이 되어 허공에서 맴돈다. 엄마라는 리모컨이 작동을 멈추었기 때문이다. 리모컨의 수명이 3년이란 걸 아이는 잊은 모양이다. 하기야 정확히 말하면 일방적으로 내가 정한 것이니 약속이라고 할 수는 없다.

아이는 리모컨이 멈추었다는 이유로 꼼짝도 하지 않는다. 빈둥거리는 것 말고는 무엇이든 사돈네 쉰 떡 보듯 한다. 사사건건 불만이다. 자신이 해야 할 일과 엄마의 도움을 받아야 할 일을 구분하지 못한다. 책임은 다하지 않고 요구만 한다. 갑자기 주어진 자유를 마음껏 즐기고, 무한정 게으름을 피우고 싶은데 마음대로 되지 않으니 열기로 부풀어 오른 풍선이다. 살짝만 건드려도 터질 기세다.

답답하긴 엄마인 나도 마찬가지다. 펄쩍 뛸 사람은 누군데 되레 당해야 하니 할 말을 잊는다. 그때야 입시라는 명분이 있어 잠시 리모컨이 된 것이고 이젠 상황이 달라졌지 않는가. 앞에 가로 놓인 산이 높기만 하다. 대학생이 되면 무엇이든 스스로 하고 어른스러워질 줄 알았는데 행동거지가 뒷걸음을 치고 있으니 말이다.

저도 힘들겠지. 누구의 통제나 지시도 없는 많은 시간을 관리하기가 버거우리라. 공부에만 매달려 있었으니 밤새워 하고 싶은 것들이 얼마나 많을까. 손만 까딱하면 다 해결해 주던 리모컨은 제 역할은 않고 이것저것 통제만 해대니 아예 귀를 막고 싶지 않을까. 유예 기간도 주지 않고 멈추었으니 원망스럽겠지.

아이의 의견은 무시하고 '엄마'라는 이름으로 리모컨을 자청하지 않았던가. 멀쩡한 아이의 손발을 꼼짝 못하게 한 사람이 누구인가. 그래놓고선 마음대로 멈추어 버렸으니 불만은 당연한 것이 아닐까. 아무리 사소한 것이라도 연습으로 습관을 들이는 시간이 필요할 터이다. 걸음마를 시작하는 마음으로 딸아이와의 타협점을 찾아본다. 원인이 나였음을 깨닫고 나니 아이의 입장이 희미하게나마 보인다. 그래, 리모컨을 다시 쥐여 주고 서서히 용도를 줄이자. 재우치지 않고 진득하게 기다리는 시간이 필요하리라.

어리석은 엄마 노릇의 대가를 치르느라 하루에도 몇 번씩 한증막을 들락거린다.허벙저벙하는 내 모습이 부끄럽다. 탁자 위의 리모컨이 섬뜩하다.

3 부
환삼덩굴

삶의 한계에 부딪힌 할머니는 살아남기 위해
자신도 모르게 행복한 기억에 머무르게 된 건 아닐까.
섬에서 함께할 사람을 애타게 찾는 할머니.
진짜 주인공이 아니면 어떠랴.
할머니가 이끄는 대로 잠시 따라가 보는 것도 좋은 일이리라.

낯선 섬에서

자리에 앉으려니 옆자리 낯선 할머니가 반색한다. 칠십 중 반쯤 되었을까. 모습이 곱고 차림새도 깔끔하다. 어리둥절 한 표정으로 쳐다보니 아랑곳하지 않고 들뜬 목소리로 말을 건다.

"호박골 살던 민자 아이가. 오랜만이네. 돈 많은 영감한테 시집갔다 카더니 와이래 빼짝 말랐노. 부잣집이라 밥은 배불 리 묵을 낀데."

할머니 손을 잡고 있던 할아버지가 미안한 기색으로 눈짓 하기에 태연하게 말을 받았다.

"할머니 잘 계셨어요? 너무 건강해지셔서 몰라봤어요. 영 감이 아니고 부잣집 남자랑 결혼해서 잘살고 있어요. 요즘은 마른 사람이 예쁘고 건강한 사람이거든요."

"그케, 소문이 그래 낫더만 소문은 소문인기라. 좀 말라서 그렇지 더 이뻐졌네. 클 때는 시꺼멓고 뚱뚱했잖아."

내가 민자가 아니니 무슨 말이든 상관없건만 당황한 할아버지가 급히 말을 받는다

"그때는 안 꾸며서 그렇지. 이뿐 얼굴이었소."

"맞아 맞아 마음이 얼매나 이뻤노. 인사도 잘하고 일도 억척같이 했제. 상머슴 못지 않았은께. 일을 하도 시원시원하게 해서 동네 사람들 칭찬이 자자했제. 우리 집에 놀러온나. 영감, 민자 전화번호 적어 놓으소."

"염려 마시게, 벌써 적었어."

"우리 할마시가 마음이 좀 아파요. 참을성 많고 어진 사람이었는데 맏며느리 노릇하며 없는 살림에 아이들 건사하느라 힘들었는 갑이요. 할 일 다 해놓고 편안해지니 이런 병이 생겼네요. 그것도 모르고 냄편이라는 사람이 마음을 제대로 헤아려준 적이 없으니 미안하고 불쌍하지요. 그나마 행복한 기억을 많이 가지고 있어서 불행 중 다행이요. 아무나 붙들고 아는 체를 하는 통에 바깥에 나가기가 겁나요. 그렇다고 집에만 붙들어 앉혀 놓을 수도 없어 잠시 바람 쐬러 나온 길이라오. 오늘처럼 말을 받아 주는 사람이 있으면 종일 기분이 좋은데 안 그라면 세상 사람들이 이상하다꼬 난리요. 짜증을 내고 툴툴거리는 통에 달래느라 애를 먹어요. 이야기 들어줘서

고맙소."

할머니가 퉁퉁거린다. 멀쩡한 사람을 두고 맨날 아프다고 엉뚱한 소리나 한다며 할아버지가 걱정이란다. 얼굴도 모르는 민자가 궁금하다.

민자 생각에 빠져 있다가 내릴 역을 지나쳤다. 급한 일이 있는 것도 아니니 좀 걸으면 되겠다 싶어 개찰구로 향했다. 그런데 교통 카드가 먹히지 않았다. 탈 때 이상이 없었는데 왜일까. 당황해 하며 같은 동작을 반복하고 있으니 직원이 나와 빙그레 웃는다.

"손님! 이건 교통 카드가 아닌데요."

아니 아파트 현관 카드를 들고 있지 않은가. 크기와 모양이 다르건만. 직원을 보며 이젠 내가 멋쩍은 미소를 지었다. 할머니 이야기를 하고 싶었지만 꾹 참았다. 여기는 다른 섬이니까. 아직도 마음은 섬을 빠져나오지 못한 것이다. 그래도 기분이 나쁘진 않다. 나도 여차하면 시시때때로 건망증이란 섬에 갇히기도 하니까. 하지만 누굴 함부로 초대하지 않고 혼자 소리소문 없이 잠깐씩 들락거릴 때가 많아 다른 사람이 눈치 채지 못할 뿐이다.

삶의 한계에 부딪힌 할머니는 살아남기 위해 자신도 모르게 행복한 기억에 머무르게 된 건 아닐까. 섬에서 함께할 사람을 애타게 찾는 할머니. 진짜 주인공이 아니면 어떠랴. 할머니가 이끄는 대로 잠시 따라가 보는 것도 좋은 일이리라. 낯설어도 익숙한 척 맞장구치며 추억을 상기시키다 보면 할머니의 병이 속도를 늦추거나 물러갈지도 모른다. 할머니의 낯선 섬에 누구라도 육지를 오갈 수 있는 다리가 되어주면 좋겠다.

환삼덩굴

　친정집에 감을 따러 갔다. 주변에 잡초가 무성하고 감나무를 감고 꼭대기까지 올라간 환삼덩굴도 그대로 말라붙어 있었다. 제대로 돌보지 않았는데도 감이 조롱조롱 많이도 달렸다. 대견하고 고마워 잡초부터 치웠다. 맨손으로 덥석 줄기를 잡아당겼다가 깜짝 놀라 뒤로 물러났다. 환삼덩굴을 잡은 것이다. 마른 줄기라 쉽게 생각했는데 가시가 그대로 살아 있었다. 손바닥이 따갑고 아렸다.

　여름 내내 몸집을 불려 감나무 둥치가 보이지 않을 정도로 칭칭 감았다. 매년 감을 딸 때쯤이면 말라 있어 대수롭잖게 생각했는데 줄기가 어른 손가락만큼이나 굵었다. 장갑을 끼고 칼로 잘라내니 감나무에 홈이 파였다. 얼마나 아팠을까. 어디선가 날아와 뿌리를 내리고 처음엔 가늘고 여린 넝쿨로 타고 올라가 나중엔 목을 조르며 물고 늘어졌겠지.

　산이나 시골길 어디든 흔히 볼 수 있는 환삼덩굴. 틈만 있으면 순식간에 줄기를 뻗어나간다. 아기 손바닥 같은 잎을 달고 땅에 엎드린 새순은 앙증맞고 귀엽다. 겉모양에 홀려 여차하면 주객이 전도된다. 한두 뼘 길이를 늘일 때 싹 없애야 한다. 함부로 만졌다가는 따끔한 맛을 본다. 눈에 잘 보이지도 않는 잔가시가 원줄기와 잎자루에 빈틈없이 붙어 있다. 웬만한 가뭄에는 끄떡없다. 시들시들 말랐다가도 언제 그랬느냐는 듯 생생하다. 겉과 속이 달라도 한참 다르다.

　친구 시아버님께서 돌아가셨단다. 십여 년 전 육십 대 중반에 시어머님이 돌아가시고 혼자 지내시다가 이년 전에 재혼했다. 그런데 새어머님께서 온다간다 말도 없이 사라져 마음고생을 하고 계셨다. 일 년 가까이 찾아다니고 연락을 기다려도 소식이 없었다. 그러다가 포기했는지 시골집에 혼자 계시기 어렵다고 해서 얼마 전에 모시고 왔다.

　얼굴이 상하셔서 걱정했는데 불편한 마음을 잊은 듯 아파트 생활에 적응을 잘하셨다. 그녀가 집을 비우면 식사를 혼자 챙겨 드시고 경로당에서 친구도 사귀었다며 신경쓰지 말라고 하셨다. 그러던 분이 갑자기 돌아오지 못할 길을 떠난 것이다. 마지막 길에 자식들에게 새어머님과의 일을 털어놓으셨다.

 너그 엄마 그렇게 보내고 후회 많이 했다. 내가 어떤 말을
해도 따라 주던 사람이 속이 그렇게 터지는 줄은 몰랐지. 하
기사 내가 누구 말을 들었나. 너그 엄마가 내 말에 뭐라고 토
를 달았으면 쫓아냈을 끼다. 내 말이 맞아 따라 준 게 아니라
큰소리 내면 동네 창피하고 자식들 보기 부끄러워서 조용히
있었던 긴데 그걸 몰랐어.
 가끔 '머리 아프다, 가슴이 답답하다.' 칼 때도 포시랍아서
그런 거라고 소리 질렀거든. 그리고 나면 다음날은 또 아무
소리 안 해. 일이 힘들어서 그러는 줄 알았다. 육십다섯이면
시골에선 상일꾼이니까 잠시도 쉴 수가 없었지. 어쩌다 쉬고
싶어도 일손이 부족해서 남의 일을 거들어 줘야 했거든. 그래
야 내 집 일에도 부를 수 있는께. 느그들한테는 할 만하다고
했지만 일이 많긴 많았다.
 노인네가 세끼 밥 묵으면 되지 쓸 때가 어디 있느냐고 용돈
도 넉넉히 주지 않았지. 좋은 옷을 사준 적이 있나. 화장품 살
돈을 주길 했나. 말은 안 해도 정이 많은 사람이라 너그들한
테도 해주고 싶은 것도 얼매나 많았겠노. 자기대로 쓰고 싶은
게 있었을 낀데 일일이 설명하고 쥐꼬리만 한 돈을 타 써야
했은께 속이 상했겠지. 한 살이라도 젊었을 때 애긴다고 그랬

는데 이젠 아무 소용이 없게 됐다.

　돈, 그게 뭐라고 움켜쥐고 있다가 병원 한번 가보지 못하고 너 엄마 보내고 나니 사는 것이 너무 허무했다. 고생만 하다 간 너그 엄마한테 미안했고. 아침 잘 묵고 고추밭에서 일하다 가 쓰러질 줄 누가 알았나. 건강검진이라도 해 봤으면 좋았을 낀데 요즘 세상에 그런 것도 안 하는 사람이 어디 있느냐고 의사가 나무라더구나. 이런 몹쓸 영감이 어디 있겠노.

　혼자 있으면서 밥도 묵기 싫고 해서 읍내 장터 국밥집에 자 주 갔어. 그때 주인 할마시를 만난 기라. 서로 신세타령을 하 고 말벗도 되었지. 처음부터 같이 살 생각을 한 건 아니었어. 영감은 일찍 죽고 사십이 넘은 장가 안 간 농땡이 아들이 있 다고 하더구나. 어디 사는지도 모르고 소식을 끊고 지내는데 잊을 만하면 한 번씩 다녀간다고 하데. 이런 자세한 이야기를 너그들한테 하면 반대할 것 같아서 누가 소개해 준 사람이라 고 둘러댄 기라.

　너그들이 말릴 때 혼인신고라도 하지 않으면 좋았을 걸. 그땐 그 말이 귀에 들어오지 않았다. 그동안 할마시한테 받은 마음이 있어서 뭔가 보답을 해주고 싶었던 게지. 국밥집에 드 나들 때 아무 때나 찾아가도 밥상을 차려 주었어. 돈을 안 가 지고 갈 때도 있어서 다음에 갖다 주면 지나간 건 대접한 것 이라며 받지 않았다.

몇 년을 부대껴 보니 힘들게 장사해서 겨우 밥이나 먹으면서 돈에 안달복달하지 않고 후해 참하다 싶더구만. 손님이 없을 땐 영감 대하듯 반찬을 밥 위에 올려주고 입맛이 없다고 하면 곰탕이나 소고기를 구워 주기도 했거든. 아들 오면 주려던 것이라며. 너그 엄마한테 받아보지 못한 대접이었다.

혼인신고하고 한 달도 지나지 않아 그 아들이 드나들었어. 할마시 말로는 말썽꾸러기라 캤는데 그기 아닌 기라. 올 때마다 먹을 것 사오고 방은 따신지 여름엔 덥지 않은지 이것저것 살펴보며 마음 쓰는 게 사람이 괜찮더구나. 참한 색시 구해서 장가보내 줄 생각까지 했응께.

어느 날 장사를 한다면서 돈을 좀 빌려 달라고 하기에 선뜻 줬지. 이제 내 자식이라 생각했응께. 벌이가 그런대로 된다며 용돈을 더러 주고 갔어. 그게 미끼였는데 공돈인 줄 알았지. 몇 백만 원 빌려 가면 다음엔 몇 십만 원씩 용돈을 주는 기라. 계산으로 따지면 손해인데도 감지덕지했다. 고추 파는 철이 되면 직접 흥정을 하고 돈 관리도 하며 내 통장을 지 통장처럼 썼다.

뜨신밥 해주는 할마시와 때맞춰 찾아와 주는 그 아들을 보며 힘든 줄도 모르고 일했다. 평생 살아오면서 이렇게 좋은 날이 있었을까. 늘 가슴 한구석에 불쌍한 마음으로 남아 있던 너그 엄마도 영판 이자뿟지. 모자의 사탕발림에 당달봉사가 된 기라.

할마시가 없어지고 그 아들도 연락이 끊어지면서 일이 크게 벌어졌어. 아이라 진작에 벌어진 일을 그때 알았지. 처음엔 돈을 달라 카다가 그게 양이 차지 않았는지 전답 잡히고 융자받아 달라고 하데. 금방 갚는다면서. 눈 밝은 지가 하겠다고 해서 땅문서를 통째로 줬지. 홀라당 팔아 치울 줄 우째 알았겠노.

혼자 해결해 볼라고 나부대다가 이런 병이 생긴 모양이다. 밥맛이 없고 먹은 것은 자꾸 토해서 병원에 갔더니 의사가 보호자를 데려오라고 했어. 먼 데 있는 바쁜 자식 금방 올 수 없다고 바로 이야기해 달라고 했다. 한참 망설이다가 위암 말기라고 하더구나. 몇 달 남지 않았다면서.

그 소리 듣고 너그들 집에 온 기라. 마지막을 빈집에서 혼자 맞고 싶지 않았다. 동네 소문나면 아무 죄 없는 너그들이 불효자 되고 나도 손가락질 받겠지. 나야 상관없지만 너그들한테 미안해서. 동네 사람들한테는 둘러댔다. 떠난 할마시 때문에 신경써서 밥도 못 묵고 있으니 아들 며느리가 걱정이 이만저만이 아니라고. 바보짓 했다고 나무라기는커녕 이자뿌고 같이 살자고 사정해서 들어간다 캤다.

너그들 다 나가고 낮에 빈 아파트에 혼자 있으면 어찌나 한심하고 억장이 무너지던지. 넋 놓고 있다가 혹시 식구들이 들어오면 내 병이 들킬까 봐 늘 조마조마 했다. 죽을 때까지 아무도 모르길 바랬은께. 억지로 밥을 삶아서 허기 면할 정도로 묵고 경비 아저씨를 도와 아파트 쓰레기 정리를 했지. 너그한테 경로당에서 재미있게 논다고 했다만 하도 지엽어서 시간 보내려고 그랬지. 통증이 오면 진통제를 먹다가 그도 듣지 않으면 이불을 뒤집어쓰고 소리를 있는 대로 질러댔다. 제발 나를 빨리 데려가라고.

그놈의 외로움이 뭔지. 너그 엄마 살아 있을 때 생각도 못했다. 늙으면 다 죽어야 하고 함께 갈 수 없으니 누군가는 남겠지. 남으면 남은 대로 산 사람은 살지 싶었다. 주변에서 혼자된 양반들이 외롭네 어쩌네 하면 배부른 소리 하지 말라고 나무랬는데 그게 아니더라. 촌에는 비가 오나 눈이 오나 할 일이 태산인데 딴생각할 틈이 어딘냐고. 낮에는 일하고 밤에는 피곤해서 쓰러져 자기 바쁜데 뭔 헛소리냐 했다. 겪어보지 않고 건방지게 큰소리친 거지.

너그 엄마 없는 십 년 세월 동안 많이 힘들었다. 잘해 준 것도 없이 소 닭 보듯 하고 살았으면서 주책스럽게 너그들한테 징징거릴 수도 없었지. 겉으로는 북북대면서 마음은 많이 의지하고 있었던 갑이라. 그랬으니 할마시가 구세주였던 게지. 그런데 하루아침에 이유도 모른 채 사라졌으니 기가 차서 말이 안 나오더라.

돈은 그 아들이 다 썼다 치더라도 할마시가 나한테 베푼 마음에 본심은 조금도 없었는지 물어보고 싶다. 아무리 내가 눈이 멀었어도 사람을 그렇게 잘못 보지는 않을 낀대 아들 때문에 내 볼 낯이 없어 숨어 뿌린 거 아니겠나. 그래도 그렇지. 우째 이럴 수가 있노. 사실대로 말했으면 나도 이래 안 되고 다른 방도가 있었을 낀데. 사기를 당해도 이런 사기가 없어. 신문날 일이야. 가슴이 터질 것 같아 변명 한마디라도 듣고 싶어 온 천지를 헤매고 댕긴 기라.

진통제 말고는 아무 처방도 하지 마라. 이래도 저래도 갈 낀 데 돈 없애고 여러 사람 고생 시킬 것 없다. 의사한테도 말했다. 내맨치로 곧 죽을 사람은 본인 말 들어 준다 카데. 일 다 저질러 놓고 고양이 쥐 생각듯 한다만 빨리 가는 게 그나마 너그들 도와주는 일인 기라. 나도 좋고.

남사스럽지만 다 털고 나니 시원하네. 나를 받아줘서 고맙다. 장례 칠 돈은 남아 있을 끼다. 너그 엄마한테 가서 뭔 말을 해야 될지 저 세상에 가도 걱정이다. 야야 너도 뭐든 니 고집대로만 하지 말고 에미 말도 들어줘라. 에미가 말이 없다고 다 괜찮은 건 아닐 끼다. 이젠 세상이 달라졌는데 가장 마음대로 하면 못쓴다. 우리 집안 남자들은 날 닮아서 목소리가 커서 탈 아이가.

가쁜 숨을 몰아쉬며 긴 이야기를 마친 시아버님 앞에서 자식들은 소리 없이 눈물을 떨구었다. 제법 많은 재산을 다 날렸지만 어느 자식 하나 아버지를 원망할 수 없었다. 자주 드나들며 살폈다면 이 지경이 되지는 않았을 것이다. 할머니의 속내를 읽을 수도 있지 않았을까. 설령 숨겨진 가시가 있었다 해도 가족이라는 울타리로 따스하게 감쌌더라면 이런 사달이 났을까. 자식의 자리를 제대로 지켰다면 할머니의 아들이 차고 들어오지 않았을지 모른다. 엎질러진 물 앞에서 애통한 생각만 복잡하게 난무했다.

친구는 홀로 계신 시아버지를 누군가 돌봐 주니까 편하고 좋았다. 서로 좋아하시니 그것으로 더 바랄 게 없었다. 돈이라면 벌벌 떠는 분이라 들어가면 나오는 법이 여간해서 없으니 그저 생활비 정도는 쓰겠지 생각했다. 마지막 순간까지도 할머니를 믿고 싶어하는 시아버님의 마음이 절절히 전해온다. 몸도 건강하고 재산도 부족하지 않으니 말년을 여유롭게 사실 수도 있었건만 상처를 안고 허무하게 떠나시는 모습에 뭐라 할 말이 없다. 부모를 보살피지 못한 죄가 크다.

묵은 환삼덩굴을 치우고 주변을 말끔히 정리했다. 키가 작아 나무꼭대기까지 손이 닿는다. 심은 지가 언제인데 하늘 높은 줄을 모르는 모양이라고, 감은 왜 이리 자잘하냐고, 투덜

대기만 했지 원인을 찾아볼 생각은 못했다. 미리 살펴봤더라면 좋았을 걸. 온전히 자라지도 못하고 땅에 닿은 가지가 구부러지고 가늘다. 받침대로 받치고 구부러진 가시는 굵은 가지와 묶어 곧게 자랄 수 있도록 했다. 골칫거리인 환삼덩굴이 한방에서는 '율초' '한삼' 이라는 이름으로 약재로 쓰인다니 얄밉기만 하던 마음이 조금 누그러진다.

환삼덩굴에서 할머니의 모습을 본다. 할아버지에 대한 진심은 조금도 없었을까. 빈손으로 가도 서슴지 않고 따끈한 꽃물을 내어주던 그 마음은 무엇이었을까.

산을 닮은 사람들

눈이 흩날린다. 메마른 땅의 호소를 들은 건가. 나풀나풀 춤을 추며 한몸 기꺼이 던진다. 땅에 닿자마자 흔적도 없이 사라진다. 받는 것보다 주는 기쁨이 크다는 걸 아는 것인가.

이런 날은 커다란 유리창을 스크린 삼아 풍경에 흠뻑 취하고 싶다. 거리를 거닐며 눈을 맞아도 좋지 않은가. 하지만 잠시 망설이다 배낭을 꾸린다. 미리 계획한 일이라 집을 나선다. 자신과의 약속을 지키는 것도 중요하니까.

사소한 일에 신경이 쓰이고 짜증이 날 때 산을 찾는다. 삶의 줄이 팽팽해졌다는 신호이기에 터지기 전에 조율을 하기 위해서다. 시간을 잊고 날씨도 상관하지 않고 묵묵히 걷다 보면 뻣뻣하던 마음이 녹진해진다. 추우면 추운 대로 더우면 더운 대로, 올라가다 보면 뾰족한 모서리가 둥글어지고 종지만 한 가슴이 조금씩 넓어지겠지.

입구에 도착하니 굵어진 눈발이 땅을 적시고도 남았나 보다. 제법 두껍게 쌓였다. 도심에서와는 영 다르다. 아이젠도 없이 올라갈 수 있을까. 근심스런 표정으로 주위를 살피니 한 무리의 등산객이 올라온다. 날씨가 별로 춥지 않아 얼 염려는 없으니 괜찮을 거라며 같이 올라가잔다.

돌계단이 미끄럽다. 지팡이를 든 사람들이 먼저 앞장을 선다. 길 양옆에 쌓인 낙엽을 지팡이로 끌어내어 뿌리면서 밟고 오라고 한다. 바스락 바스락 눈 위에서 부서지는 낙엽소리가 정적을 깬다. 푸른 그늘이 되고 고운 단풍이 되어 기쁨을 주더니 마지막 몸까지 내준다. 걷기가 한결 수월하다. 여유 있게 하늘을 올려다보며 쉬엄쉬엄 오른다. 눈송이의 끝없는 행렬이 분주하다. 마치 축하의 꽃잎 세례를 받는 듯하다. 겨우내 바람의 등살에 물기를 다 날려버린 나무들은 솜사탕을 먹듯 목을 축인다.

중턱쯤에서 이번엔 내가 지팡이를 받아 든다. 낙엽을 돌계단에 뿌린다. 생각보다 쉽지 않다. 이마에 땀방울이 맺힌다. 능숙한 그들을 따라 오르니 눈 오는 날 산행은 처음인데도 든든하다.

부처님도 하얀 옷을 갈아입고 중생을 맞이한다. 모든 허물 덮어 줄 테니 염려 내려놓고 가라고 인심 좋은 미소를 보낸다. 눈이 부신다. 발아래 모든 것이 온통 희다. 텅 비었던 산이 꽉 찬다. 내 마음도 맑고 밝게 변하는 중인지, 시간 가는 줄 모르고 법당에 앉아 있다. 눈을 감아도 온통 하얀 색이다. 염주 돌리는 소리만 따각따각 들린다. 넉넉한 자연과 함께 부처님 앞에 앉아 있는 사람들의 모습이 조화롭다.

시계를 보니 그새 두어 시간이 후딱 지나갔다. 늦은 점심을 먹으러 공양간으로 갔다. 사람들이 몇 없을 줄 알았는데 길게 줄을 서 있다. 아마도 나처럼 설경에 취해 밥 먹는 걸 잊은 것인가. 어느 모임에서 단체로 왔는지 시끌벅적하다.

그중 한 사람이 혼자 왔느냐고 묻더니 식판을 들고 옆자리에 앉는다. 반찬도 나눠먹고 커피도 마시며 늘 보던 사람처럼 두런두런 이야기를 나누었다. 내려가는 길이 더 위험하니 발 앞쪽에 힘을 주고 울타리를 잡고 천천히 가라는 말도 잊지 않는다. 그때 뒤쪽에 앉은 사람들이 그만 가자며 부른다. 혼자 와서 식사 동무를 찾았나 싶었는데 그게 아니었다. 산 같은 마음이 훈훈하다.

산은 무엇이든 다 끌어안는 능력이 있나 보다. 넓은 품에서 나오는 은근한 마력으로 산을 닮게 만든다. 산에서는 처음 만난 사람도 익숙하게 일행이 된다. 한식구가 되어 걱정해 주고 무엇이든지 나누어 준다. 단단히 달아 건 마음의 빗장이 헐렁해진다. 근원으로 들어가면 너와 내가 하나라는 부처님의 가르침을 깨닫는다.

산을 벗어나면 언제 바뀔지 모르는 마음이지만 넉넉한 품 속에 자꾸 안기다 보면 산을 닮아 있지 않을까. 눈 오는 날 겁 없이 산행을 나선 이유도 이런 기대 때문이리라.

어우렁더우렁

　우산을 받쳐 들고 산에 오른다. 자연의 품에 들어서니 무심하게 보이던 풍경이 새롭게 다가온다. 빗소리가 마음을 흔든다.

　각기 다른 그릇으로 받아내는 소리가 유명 음악회 못지않다. 서로 달라 돋보인다. 우거진 숲이 들려주는 연주가 가슴을 적신다. 여러 종류의 나무들이 각자의 그릇으로 부지런히 빗물을 받아 마신다. 크고 둔탁한 소리, 작고 얇은 소리, 길고 짧은 소리가 한데 어우러져 멋진 하모니를 이룬다. 눈과 귀가 즐겁다. 큰 나무 사이로 흐르는 빗물을 작은 나무들이 받아 마시고 남은 건 풀꽃들 차지다. 풀꽃들은 콩알만 한 물방울도 분에 넘친다는 듯 연신 땅으로 또르르 굴린다. 촉촉해진 땅은 함박웃음이다. 발밑의 촉감이 폭신하다.

숲속 식구들은 욕심이 없다. 각자 필요한 만큼만 취하고 나눈다. 키가 작다고 잎이 여리다고 구박하지 않고 왜 너만 크냐고, 잘난 체하냐고 빈정거리지도 않는다. 순리를 잘 따른다. 빗줄기가 굵어지는가 싶더니 소리가 커진다.

어린 시절 사 남매가 엎치락뒤치락하며 자랐다. 농사일에 바쁜 부모님의 손길은 해가 져야 겨우 우리 차지였다. 그러다 보니 맏이인 내 어깨가 무거웠다. 잘못은 동생들이 했는데도 맏이라는 이유로 혼이나 훌쩍이고 있으면 동생들은 지레 겁먹고 눈치를 살폈다. 작은 불똥이라도 튈 것이기에 미리 책가방도 챙기고 방 정리도 하며 고분고분하게 굴었다. 어린 마음에도 언니가 억울하겠다는 생각이 들었던 모양이다. 막내가 안쓰러워 두남두다 보니 고집불통이 되어 난감할 때도 있었다. 중간에 끼여 위아래로 치일 수밖에 없는 셋째는 욕심쟁이가 되었다. 비 오는 날 한 켤레밖에 없는 장화를 먼저 신고 나가 버리고 우산도 새것을 골라 쓰고 가 버렸다. 화가 난 막내는 울며불며 아침부터 집안을 시끄럽게 만들었다. 남동생은 그래도 남자라고 군말 없이 찌그러진 우산을 들고 나갔다.

해가 나면 무슨 일이 있었느냐는 듯 아침의 소란을 잊어버렸다. 제 욕심을 채운 셋째는 미안했던지 학교에서 돌아오자마자 시키지 않아도 빨래를 걷고 마루도 닦았다. 제 생각만

한다고 혼내지 않고 눈감아 준 것이 외려 불안했으리라. 티격태격하는 사이 야속하고 억울함이 사랑으로 변했다. 가끔사 남매가 모여 지난 이야기를 하며 서로 흉보기에 바쁘다. 먼저 태어난 죄로 양보만 했는데 동생들은 나의 독재가 힘들었다고 야단이다. 다음 생엔 너희가 맏이로 태어나라며 핀잔을 준다.

국립공원 지정 이후 38년 만에 개방된 가야산 만물상. 가쁜 숨을 몰아쉬며 상아덤에 올라와서야 전체를 둘러본다. 올라가면서 너무 가까워 제대로 보이지 않았던 것들이 세세하게 눈에 잡힌다. 말 그대로 만물상이다. 바로 앞에서 형상을 알아볼 수 있는 것도 있고 워낙 덩치가 커서 멀리서 봐야 보이는 것들도 있다. 해설자의 설명을 빌리면 '기암괴석의 향연'이고 '자연의 교향악'이다. 코끼리바위, 돌고래바위, 그 외 소곳이 면벽하고 있는 듯한 기도바위와 쌍둥이바위가 감탄을 자아낸다. 특히 두꺼비바위의 늠쑥함이 주변을 압도한다. 외톨이로 버려진 돌은 찾아보기 어렵다.

비와 눈에 젖은 몸을 햇볕이 말려주고 돌개바람, 북새바람에 당한 고통을 꽃바람과 건들바람이 보듬어준 덕분이리라. 서름하게 있는 것들을 하나하나 끌어다가 의미를 부여한 자연의 힘이 빛난다. 오랜 세월 쉬지 않고 끈기 있게 애쓴 흔적이 그저 신기할 뿐이다. 자연의 손길이 없었다면 한낱 돌무더기에 불과하지 않았을까. 뾰족한 것은 모서리를 깎고 긴 것은 자르고 짧은 것은 서로 이어 만물상을 만든 것이다. 어느 것 하나 내치지 않고 인내로 끌어안아 제자리를 찾아주려 고심한 결과가 아닐까. 어우렁더우렁 싸안은 자연의 품이 만든 걸작에 입이 다물어지지 않는다.

안타깝다. 학교 폭력과 왕따 때문에 꽃 같은 아이들이 스스로 목숨을 저버리는 일이. 연일 신문과 방송에서 떠들어 대는 소리에 가슴을 쓸어내린다. 꿈을 펴야 할 봉오리들이 마음의 상처를 이기지 못하고 꺾이고 있다. 최근엔 평범한 집안의 아이들이 가해자가 되고 피해자가 되었다는 것이 놀라울 뿐이다. 환한 햇살이 되어 부드럽게 어루만지고 비바람이 되어 단호하게 꾸짖어야 할 어른은 없단 말인가.

부모라는 좁은 울타리에 사랑이란 이기심으로 갇힌 아이들. 집집이 한둘뿐이라 높고 튼튼하게 울타리를 치고 행여 바깥으로 눈을 돌릴세라, 넘어갈세라 감시하는 사이 아이들은 병들어 가고 있는지도 모른다. 오직 한쪽으로만 몰아세우며 옆도 뒤도 돌아보지 못하게 하니 온전히 성장할 수 있을까.

큰 머리와 작은 가슴을 가진 기형적인 아이들. 이런 사태가 어느 한쪽만의 잘못은 아닐 것이다. 누군들 자식 키우는 데

용빼는 재주가 있을까마는 부모와 사회의 정직한 고해성사
가 우선이라는 어느 신문기사가 자꾸 눈에 밟힌다.

시간여행

선생님! 찬바람이 그리 반갑지 않은 날입니다. 아직 맞을 준비도 되지 않았는데 문을 흔들어 대니 감당하기 힘듭니다. 놀란 단풍이 서둘러 떠날 채비를 하는 것도 안타깝군요. 하지만 무엇이든 꼭 이치대로 되라는 법은 없기에 이르면 이른 대로 받아들입니다. 급할 이유가 있겠지요.

어제 들은 목소리가 걸립니다. 너나 할 것 없이 자식이 끝없는 숙제지요. 누구에게 미루거나 떠넘길 수도 없고 오롯이 부모가 책임져야 하는 일이니까요.

심리학자 스튜어트 피쇼프는 영화를 '영혼에 놓는 주사'라고 했던가요. 몸이 아프면 병원을 찾듯 마음이 가라앉고 우울할 때 한 편의 영화가 영양제 역할을 하는 경우가 있더군요.

며칠 전 본 영화가 생각납니다. 〈시간여행자의 아내〉라는 색다른 제목이 눈길을 끌었습니다. 시간여행의 운명을 지닌 남자 '헨리'(에릭 바나분)와 그를 기다리는 여자 '클레어' (레이첼 맥아덤즈분)의 시공간을 초월한 사랑이야기예요. '시간여행'이라는 판타지적 요소와 운명적 사랑의 결합을 통해 이 시대 가장 매혹적인 러브스토리라는 소개에 귀가 솔깃했습니다.

어릴 적 교통사고 때 시간이동을 경험한 이후 본인의 의지와는 상관없이 시간여행을 하게 되는 남자 헨리. 일상생활을 멀쩡히 하다가 갑작스럽게 과거나 미래로 이동합니다. 알몸으로 낯선 곳에 떨어져 추위에 떨다가 옷을 훔쳐 경찰에 쫓기는 신세가 되지요. 그즈음 스무 살이 된 처녀 클레어를 우연히 도서관에서 만납니다. 과거 비밀의 초원에서 예닐곱 살 꼬마로 만난 적이 있기에 둘은 금방 친해집니다.

클레어는 헨리가 시간여행을 하는 사람이라는 걸 알면서도 결혼을 합니다. 든든한 사랑에 연결된 고리는 주위의 염려에도 아랑곳하지 않고 뜨겁습니다. 그렇지만 사랑하는 사람과 아무 예고도 없이 수시로 떨어져야 하는 것이 안타깝습니다. 과거와 현재, 미래를 넘나들며 애틋하게 이어지는 사랑에 후끈거리는 가슴을 주체하기가 힘들었어요.

그중 마지막 장면이 눈을 번쩍 뜨이게 했습니다. 헨리가 시간여행으로 갑자기 눈 덮인 산속에 알몸으로 떨어졌습니다.

마침 그때 사냥을 나온 장인이 동물로 오인해 총을 쏘았지요. 두 사람의 불꽃같은 사랑은 아이러니 하게도 사랑하는 클레어의 아버지로 인해 끝이 났습니다.

슬픔에 빠져있던 클레어가 눈물도 체 마르지 않았는데 표정이 갑자기 환해졌습니다. 헨리가 죽기 전의 모습으로 나타났으니까요. 과거로 가서 다시 사랑을 이어갑니다. 헨리의 의지로 이루어지는 일이 아니라 언제 또 어느 시간으로 옮겨 갈지 불안하지만 클레어에겐 희망이 생겼습니다.

영화에서처럼 실제로 시간을 넘나들 수는 없지만 사실은 일상이 시간여행의 연속이 아닐까요. 이미 지나간 일로 마음 상하고 다가오지도 않을 일에 불안해하는 자신이 딱하게 보일 때가 있습니다. 행복을 원하면서 모순되게도 마음은 반대의 길을 가고 있으니 우스운 노릇이죠.

마음먹기에 따라선 추억이라는 멋진 기차를 타고 좋은 기억을 찾아갈 수도 있건만 도깨비방망이를 거꾸로 사용하고 있는 격이지요. 저도 부모인지라 선생님의 마음이 짐작됩니다. 그나마 저는 아이와 떨어져 있어 감정을 다스리기가 좀 수월한 편이지요. 속상하고 애가 타서 속을 끓이다가 이게 아니다 싶어 좋았던 기억으로 돌아가 감정을 걸러낸답니다.

선생님! 마음처럼 되지 않는 아이를 못마땅해 하기보다 그 아이로 인해 행복했던 기억을 떠올려 보는 건 어떨는지요. 스스로 택한 재수생이면서 만족한 점수를 얻지 못했으니 실망이 크겠지만 아마 이유가 있을 겁니다. 무겁게 가라앉은 부모를 보며 어둠 속에 혼자 버려진 느낌일 거예요. 본인의 생각을 논리적으로 산뜻하게 표현하지 않는다고 생각이 없는 건 아닐 겁니다. 가장 답답하고 애가 타는 건 아마도 아이일거예요. 어설퍼 보이더라도 느긋하게 지켜봐 주는 것이 힘이 될 것입니다. 어렵지만 그게 부모의 도리이기도 하고요.

철마다 피는 꽃이 다른데, 언제 피는 꽃이 제일 좋다고는 할 수 없잖아요. 나름대로 아름다움을 지니고 있으니까요. 어쩜 더디 핀 꽃이 의미 있고 소중할지도 모릅니다. 아이가 귀엽고 사랑스러웠던 시간으로 돌아가 편안하게 앞일을 의논해 보면 어떨까요. 좋은 쪽으로 풀리리라 생각됩니다. 선생님의 행복한 시간여행을 기대할게요.

침묵

할아버지 한 분이 불콰한 얼굴로 버스에 오른다. 몸을 가누지 못하는 걸 보니 약주를 한잔한 모양이다. 손에는 검은 비닐봉지가 들려 있다. 빈자리가 있는데도 앉지 않고 주정인 듯 푸념인 듯 혼자 큰 소리로 떠든다. 한 아저씨가 부축하려고 하니 손을 뿌리친다. 넘어져 다치기라도 할까 걱정스럽다.

힘들게 자식 키워놓아도 소용없다. 그나마 줄 재산이라도 있으면 모를까 나 같은 늙은이는 짐밖에 안 되니까 거들떠보지도 않는다. 그래도 없는 살림에 어떻게 키워놓았는데. 큰 걸 바라는 것도 아니고 가끔씩 들여다봐 주고 김치찌개라도 같이 먹자는 거잖아. 저는 늙지 않을 건가. 젊은이들아, 그렇게 살지 마라. 부모 없이 태어난 자식 어디 있느냐. 못나도 부모는 부모다. 대충 이런 이야기다.

누군가 나서서 그만하시라고 말렸으면 좋겠는데 기사 아저씨도 승객들도 말이 없다. 침묵 속에 불안한 마음이 눈덩이처럼 불어난다. 할아버지의 독무대에 갑자기 '픽' 뭔가 터지는 소리가 들린다. 할아버지가 손에 들고 있던 봉지를 바닥에 떨어뜨렸다. 봉지가 터져서 국물이 흐른다. 터진 봉지가 할아버지의 행동에 쉼표를 찍는다. 표정이 동상처럼 굳는다.

사람들의 눈길이 바닥에 쏠린다. 저걸 어쩌나. 할아버지의 넋두리보다 더 난감하다. 소리없이 점점 자리를 넓혀가는 반찬국물이 괴물 같다. 시큼한 냄새도 한몫한다. 허둥대며 가방을 뒤졌지만 오늘따라 그 흔한 비닐봉지나 휴지가 없다. 가방을 바꿔오는 바람에 필요한 것만 넣은 것이다.

주위를 두리번거리니 맨 뒤쪽에서 연세 드신 아주머니가 봉지를 내민다. 얼른 받아 새 봉지를 덧씌우고 있으니 옆자리의 여학생이 다가와 휴지로 바닥을 닦고 내 손도 닦아준다. 그 사이 앞에 있던 아저씨가 멍하니 서 있는 할아버지를 자리에 앉힌다. 오랜 연습으로 손발이 척척 맞는 숙달된 배우들의 무언극을 보는 것 같다. 순식간에 정리되었다.

할아버지께 봉지를 쥐여 주며 꼭 쥐고 계시라고 했더니 머쓱한 표정으로 어쩔 줄 모른다. 정신이 드는 모양이다. 늙은 사람이 주책 부려 미안하다며 손을 잡는다. 눈가에 물기가 어린다. 복잡한 감정을 다스리기 어려운 듯 고개를 들었다 숙였다 한다. 묵묵히 앉아 계시더니 두어 정류장 지나 내린다.

어둠살이 낀 길을 비틀거리며 걸어간다. 버스에서 큰소리 칠 때 미처 보지 못한 뒷모습이 보인다. 왜소하다. 행여 놓칠 세라 외로움이 서둘러 따라간다. 할아버지는 지금 어떤 생각을 하실까. 술김에 내뱉은 말을 후회하며 자식들에 대한 원망이 조금 수그러들었을까. 찾아오지 않는 자식을 이해하며 마음을 다잡고 있지는 않을까.

중심을 잡지 못하고 비틀거리는 모습이 불안하다. 귀가를 기다리는 할머니 생각이라도 한 걸까. 어쩜 혼자 해결해야 하는 저녁이 급해진 것일까. 아니 까막딱따구리처럼 산 젊은 시절을 떠올리며 자신을 위로하고 있는지도 모를 일이다.

버스 안은 조용하다 못해 숙연하다. 누구도 자식이나 부모 아닌 사람이 있으랴. 잊고 있던 부모를 떠올리고 그리운 자식을 생각하고 있는가. 이런저런 생각들이 버스 안을 서성인다. 침묵의 의미가 뻥튀기처럼 커진다.

벌어진 일을 어떤 눈으로 보느냐에 따라 결과는 판이하다. 잠시 숨을 고르고 역지사지가 되어 보면 보이지 않는 부분을 읽을 수 있다. 작은 깨달음이 자칫 소란스러워질 뻔한 분위기를 바꾸었다. 말보다 행동이 돋보이는 날이었다.

나의 잣대로 본 풍경

똑같은 상황을 보고도 느끼는 것은 사람마다 가지각색이다. 상대의 뜻과 일치하기가 쉽지 않다. 방향을 약간만 틀어도 그 차이는 엄청나다. 자신의 잣대로 섣불리 평가하기보다 배려하는 마음을 더하면 관계가 부드러워질 것이다.

지난겨울의 일이다. 찬바람의 심술이 몹시도 사나운 날이었다. 무엇 때문에 골이 난 건지 거리를 활보하고 다니며 분탕을 친다. 위세에 눌려 거리가 한산하다. 이런 날은 따뜻한 방에 배 깔고 엎드려 빈둥거리기 좋은 날이건만 볼일이 생겨 집을 나섰다.

시내버스를 탔다. 서너 정거장을 지났을까, 사지를 무질서하게 움직이며 장애우 한 사람이 힘겹게 올라왔다. 의자를 잡고 몸을 고정시키더니 말을 하기 시작했다. 귀를 기울여도 뜻을 헤아리기가 어려웠다. 표정과 동작, 한 마디씩 들리는 소리로 대충 끼워 맞춰 보았다. 가족의 생계를 위해 불편한 몸으로 할 수 있는 일을 찾다 보니 여기까지 왔다고 하며 껌을 사 주면 고맙겠다는 부탁이었다. 얼굴이 시퍼렇게 얼어 그렇잖아도 어눌한 말이 더 알아듣기 힘들었다. 손도 굳었는지 지프를 열고 껌을 꺼내는 데 시간이 한참 걸렸다. 하필이면 날씨도 편들어주지 않는 날 어려운 걸음을 하다니. 어쩌면 그에게는 살아내는 일이 가장 급했으리라.

승객들의 반응은 측은해 하는 사람, 무시하며 나무라는 사람, 등 제각각이다. 하지만 대부분의 사람들이 지갑을 연다. 그런데 중간쯤에서 한 할머니와 밀고 당기며 실랑이를 벌인다. 할머니는 껌은 필요 없으니 돈이나 받으라고 천 원짜리를 내밀고, 장애우는 껌을 받지 않으면 돈도 받을 수 없다는 것이다. 딴에는 열심히 이유를 설명하는데 할머니가 알아듣지 못하는 눈치다. 큰 도움이 되지는 않겠지만 받으라고 사정하다시피 하더니 결국 할머니가 지고 만다. 도와주고 싶은 마음에 먼저 손을 든 것 같다.

몇몇 사람들이 웅성거리기 시작한다.

"꼴에 자존심은 있단 말이지. 돈을 주면 받을 것이지 기어코 껌과 바꾸겠다는 건 뭐야."

장애우에게 들릴까 마음이 조마조마했다. 신체에 장애가

있다고 마음도 그러리란 법은 없을 터인 즉, 어쭙잖은 동정심이 상대에겐 상처가 될 수 있다는 생각은 해보지 않은 것인지. 내 자존심이 소중하다면 남도 마찬가지가 아닐까.

장애우가 하는 행동을 이해 못하는 사람이 많은 것 같아 용기를 내서 한마디 했다. 껌을 팔러 온 것이지 구걸하는 것은 아니라는 소리 같으니 껌을 받고 돈을 주는 게 좋을 것 같다고 했다. 내 말이 맞다는 듯 장애우가 어설픈 미소를 짓는다. 가슴을 쓸어내리며 엄지손가락을 세워 보인다. 속내를 몰라주니 답답하고 속이 상했나 보다.

이런 추운 날 많은 것도 아니고 어지간하면 그냥 받아도 되겠건만 기어이 껌을 건네는 장애우는 어떤 생각이었을까. 모르긴 해도 비록 불편한 몸으로 사는 일이 힘들지만 자신이 할 수 있는 일을 하며 떳떳하게 살고 싶은 게 아닐까. 될 수 있는 한 남에게 폐를 끼치고 싶지 않았을 것이다.

한편으로 생각하면 있어도 없어도 그만인 것이 자존심일지 모른다. 그러기에 불편한 상황에선 지키기가 어려운 노릇이다. 보이지도 않는 것인데 눈 한번 질끈 감으면 될 것을. 쉬운 길을 버리고 험한 길을 택한 건 보이지 않는 것의 힘을 알고 있기 때문인가.

잘나고 많이 가진 사람만이 자존심이 있는 건 아니리라. 물질 앞에서 마음 같은 건 쓸모없는 것으로 치부해 버리기가 일

쑤다. 정당하게 번 돈과 그렇지 않은 돈의 차이를 누가 감히 무시할 수 있을까. 가진 자의 교만이 가지지 못한 자의 자존심을 함부로 여겨도 된다는 생각이 씁쓸하다.

고맙다고 인사를 몇 번이나 하며 내리는 장애우의 뒷모습을 지켜봤다. 비틀거리는 걸음걸이보다 꼿꼿한 마음이 먼저 보인다. 오늘 번 돈을 내보이며 식구들 앞에서 어깨를 으쓱하겠지. 측은함이 당당함으로 다가와 박수를 보내고 싶다.

장애우에게 천 원을 내밀면서 나의 잣대는 어땠을까. 기꺼이 나누고 싶은 순수한 마음이었는지, 혹 은연중에 과시하는 마음이 숨겨져 있지는 않았는지 곰곰 생각해 본다. 아울러 나의 자존심은 있는 그대로 대접받고 있는지 점검해 본다.

함정

친구들과 간단한 먹을거리를 챙겨 산에 오른다. 며칠 전 내린 눈이 응달진 곳에 흰점처럼 남아 있지만 산 들머리에는 흔적을 찾아보기 어렵다. 바람은 단잠을 자고 햇살이 곱게 내리쬔다. 겨울 산이라도 이런 날은 만만하다. 곤두박질치는 수은주에 움츠린 몸을 풀어야겠다.

낙엽이 발목까지 푹 빠진다. 꽁꽁 얼어붙은 계곡물은 햇살의 간지럼을 견디다 못해 빗장을 푼다. 녹아내리는 물이 보석처럼 반짝인다. 맨살을 드러낸 나무들도 언 몸을 녹인다. 어린 시절 찬바람을 피해 담벼락에 붙어 서서 해바라기하는 개구쟁이들을 보는 듯하다. 부인사 뒷길로 해서 '삼성암'을 지나 '칼날능선'을 돌아 '이말재'로 내려올 예정이다. 왕복 5시간 정도라니 오랜만에 땀다운 땀을 흘릴 수 있다는 기대감에 몸이 가볍다.

'삼성암'을 통과할 때만도 분위기는 화기애애했다. 올라갈수록 체감온도가 낮아지며 산의 모습이 변하기 시작한다. 된비알이 나타난다. 자신을 호락호락하게 본 대가를 치르라는 뜻인가. 유인작전에 성공했다고 본색을 드러내는 건가. 말수가 줄어들면서 다들 표정이 굳는다. 곳곳에 수묵화처럼 펼쳐지던 눈이 점점 많아지는가 싶더니 북쪽으로 돌아서자 종아리까지 올라온다. 사람들의 발자국도 거의 보이지 않는다. 긴장한 일행은 신발을 조여 매고 아이젠을 신는다. 한 친구가 아이젠을 준비하자고 했을 때 엄살이 심하다고 핀잔을 주면서도 에멜무지로 챙겨 넣은 것이 다행이다.

몇 발자국 걷다가 아예 주저앉아 미끄럼을 탄다. 눈에 가려져 있던 나무옹이에 엉덩방아를 찧으며 겨우 눈밭을 통과한다. 젖은 옷이 시린 줄도 모르고 한고비를 넘기고 나니 풍경이 눈에 들어온다. 회색빛 숲속에 생기를 불어넣고 주위를 환하게 밝히는 눈이 조금 전까지 공포의 대상이었다니. 끝과 끝을 오가는 두 얼굴이 낯설다. 따지고 보면 모든 것이 주변 여건과 생각에 따라 이중성을 띠고 있으리라. 진중하게 생각해 보지도 않고 섣불리 판단의 잣대를 갖다 대는 얄팍한 마음이 민망하다.

등성이를 돌아서니 이젠 '칼날능선'이다. 햇볕에 잠시 녹았던 눈이 다시 얼어붙었는지 빙판길이다. 끝을 감춘 구불구불한 길이 뱀을 만난 듯 오싹하다. '칼날능선'이란 이름을 괜히 붙인 건 아니리라. 양쪽이 다 절벽이다. 한 사람씩 조심스럽게 바위를 붙들고 몸을 움직인다. 툭 튀어나온 모서리가 허벅지를 찔러도 아픔을 느낄 여유가 없다. 앞서 가던 친구가 움찔한다. 바위 틈새로 나온 나뭇가지가 배낭을 붙잡은 것이다. 척박한 곳에서 삶을 이어가느라 외롭고 심심했던가. 그래도 그렇지. '지금은 너를 돌아 볼 처지가 아니란다. 제발 순순히 놓아주렴.' 놀라서 소리도 지르지 못하고 무언극배우처럼 표정으로 중얼거린다. 후들거리는 다리를 억지로 지탱하고 서 있는데 꿈결인 듯 뒤에서 인기척이 느껴진다. 돌아보는 순간 사태를 짐작했는지 몸을 빠르게 움직인다. 그들은 산행에 익숙한 듯 지팡이 두 개를 연결해서 가지에 걸린 배낭을 벗긴다. 겁먹지 말고 침착하게 천천히 가라고 얼어붙은 마음을 풀어준다.

아래서 올려다보며 감탄했던 마음을 슬며시 감춘다. 하늘은 우리와 상관없이 말간 얼굴로 무심히 내려다본다. 야속하다. 도저히 발걸음이 떨어지지 않지만 잠시 숨 고르기를 하고 걸음마를 시작하는 마음으로 한발 한발 옮긴다. 콧등에는 땀방울이 송송 맺힌다. 마지막에 온 친구의 손을 잡으며 안도의 숨을 내쉰다.

그제야 시장기를 느낀다. 김밥과 뜨거운 차로 배를 든든히 채우고 가던 길을 재촉한다. 흙길이다. 주변 경치도 구경하며 설렁설렁 내려가야지 했는데 현실은 그렇지 않다. 경사가 90도에 가까운 내리막길이 버티고 있다. 더 험한 길도 지나왔으니 문제없으리라. 자신을 다독인다. 의지와 상관없이 쉬지 않고 무조건 달려야 한다. 다행히 중간마다 나무가 있어 양쪽으로 잡으며 속도 조절을 하면 된다. 나뭇가지를 번갈아 휘어잡으며 청룡열차를 타듯 내려온다. 여러 사람의 시달림을 받은 듯 반들반들하게 손때가 묻은 나뭇가지는 이리저리 휘었다. 자리 잘못 잡아 고생이 심하구나 싶었다. 그것도 잠시, 인적 없는 곳에 희멀거니 서 있는 것보다 고되지만 필요한 존재가 되는 게 보람 있지 않을까. 남의 입장이라고 멋대로 합리화하며 가지에 힘을 싣는다.

처음부터 속을 알았다면 나서지도 않았을 것이다. 바람 한점 없는 따스한 날씨에 그런 함정이 있을 줄 누가 알았으랴. 산은 무슨 일이 있었느냐는 듯 온화하다. 처음 모습 그대로다. 햇볕만이 미안한지 슬슬 뒷걸음질 친다. 마음 놓고 가다가 허방에 빠지기도 하고 그 덕분에 고난을 헤쳐나가는 지혜도 터득하게 될 것이다. 세상일은 겉만 보고 허허거릴 것도 지레 겁먹을 것도 없다는 생각을 한다.

멍 자국이 군데군데 훈장처럼 남아 있다. 검푸른 빛이 점점

연해지며 그날의 두려움도 사그라져 추억이 되고 용기가 된다. 본의 아니게 모험을 하게 되었으니 멍자국이 자랑스럽다. 며칠이 지났는데 몸은 아직도 뻐근하다.

4 부
오늘은 나, 내일은 너

소리에는 추억이 있다.
기쁨과 슬픔이 있고 편안함과 불안함이 있다.
알고 듣는 것과 모르고 듣는 것은 느낌이 다르다.
후자는 때로 왜곡되고 과장되기도 하지만
상상의 날개가 있어서 훨씬 깊고 넓다.
소리 중에서도 자연의 소리는 편안하다.

소리길을 따라서

소리에는 추억이 있다. 기쁨과 슬픔이 있고 편안함과 불안함이 있다. 소리의 정체를 알고 듣는 것과 모르고 듣는 것은 느낌이 다르다. 후자는 때로 왜곡되고 과장되기도 하지만 상상의 날개가 있어서 훨씬 깊고 넓다. 소리 중에서도 자연의 소리는 편안하다. 가슴 깊은 곳 무의식에 스며들어 숨겨진 상처까지 보듬으며 서그럽고 늠늠한 사람이 되게 한다. 명상가들이 자연의 소리를 찾아 나서는 것도 어떤 유명한 음악보다도 빠르게 몸과 마음이 이완되어 명상 상태에 들 수 있기 때문이다.

경남 합천군 가야면 가야산 소리길. 산책길 내내 들리는 소리가 마음의 영양제가 된다. 눈과 귀로 흡수해야 할 것 지천이다. 욕심부려 급하게 서두르면 제맛을 모른다. 그저 나무와

바위, 물일 뿐이다. 호기심 많은 아이가 되거나 모든 걸 달관한 신선의 흉내라도 내며 가다 보면 풍경과 소통이 된다. 나무 향내가 마중나오고 무심하던 바위도 쉬어가라고 자리를 내어준다. 물도 속내를 보인다.

함께 나서는 식구가 많으면 미리 예약해서 해설 프로그램에 참가하는 것이 좋다. 식구가 단출하면 안내서를 꼼꼼히 읽으며 보물찾기를 해보는 것도 의미가 있다. 소리길은 품이 넓다. 아장아장 걷는 아이부터 노인까지 다 품는다.

인간의 정신이 활짝 펼쳐지기 위해서는 텅 빈 운동장이나 흔해 빠진 야생초 같은 무자극성이 중요하다고 한다. 가족과 돈독한 관계를 유지하고 싶다면 크고 대단한 것을 찾을 것이 아니라 일상의 작은 일에 관심을 가지는 게 좋다. 어쩌다 한두 번 외국여행이나 비싼 레스토랑에 가는 것보다 자질구레한 집안일 함께하기, 가까운 산과 계곡 찾아가기 등 시시해 보이는 일이 정을 더 두텁게 만든다고 한다.

조붓한 논둑길을 걷는다. 따가운 햇볕의 환영인사가 만만치 않다. 관심을 두지 않으니 걸을 만하다. 몸은 덥다고 아우성이지만 소리에 마음을 보내버렸으니 몸과 마음이 따로 논다. 등에 매달린 배낭 속에서 물통 소리가 찰랑찰랑 장단을 맞춘다. 들판의 초록 소리를 듣는다. 바람을 즐기고 있는 벼들의 몸짓에 전염되어 나도 따라 흔들린다. 성질 급한 녀석이 꽃가루를 흩날린다. 금가루인 듯 달고 있는 꽃가루를 쪼그리고 앉아 자세히 쳐다본다. 쑥쑥 자라는 소리가 들린다. 저만치 앞서 간 시간이 김이 모락모락 나고 윤기 자르르 흐르는 햅쌀밥에 멈춘다. 요즘은 건강식이니 뭐니 해서 그리 대접받지는 못하지만 추억이 있어 생각만으로도 입맛이 돈다.

풀 한 포기 보이지 않는다 했더니 논둑 가장자리에서 달개비가 손톱만 한 꽃잎을 흔든다. 파란 모자에 노란 입술이 미키마우스를 닮았다. 삐죽이 내민 하얀 수염이 잔망스러워 꿀밤을 한 대 먹인다. 들판을 눈 속에 다 넣었더니 배가 부르다.

뙤약볕을 지나 동네 앞이다. 장난감 같은 집들이 옹기종기 모여 졸고 있다. 고요하다. 햇볕이 벼를 돌보는 동안 어른들은 잠시 제금 난 자식들을 찾아간 것인가. 노인정도 조용하다. 개도 짖지 않는다. 낮잠을 방해한 나그네를 멀뚱히 쳐다본다. 아마 잠이 덜 깬 모양이다. 들판에서 따라온 간들바람이 이집 저집 기웃거린다. 접시꽃이 긴 목을 어쩌지 못해 살짝 꼬고 서서 낯선 손님을 훔쳐본다. 고운 빛이 동네를 밝힌다. 친정 나들이 온 새댁이 된다.

개울을 끼고 숲길이 펼쳐진다. 나무 계단을 지나고 흙길을 걷는다. 통통 사각사각 부드러운 소리가 뒤를 따른다. 촉감이 발바닥을 타고 몸으로 퍼진다. 딱딱한 시멘트 바닥의 소리에 익숙해 있던 귀가 움찔한다. 이제 햇볕은 출입금지다. 두꺼운

나무 그늘이 이어진다. 무릉도원에 들어선 것인가.

　시원한 물줄기가 몸을 금방 식힌다. 물소리가 점점 잦아들더니 갑자기 소란스럽다. 넓은 개울을 지나 좁은 곳에 다다르니 서로 먼저 가겠다고 난리다. 귀엽다. 이젠 낭떠러지다. 큰 바위 사이에서 서슴없이 뛰어내리며 묘기를 보인다. 기합소리가 쩌렁쩌렁 울린다. 힘이 넘친다. 하얗게 쏟아지는 물줄기가 눈길인 듯 착시를 일으킨다. 넓은 곳에서 여유롭게 돌을 비켜가고 작은 나무를 돌아가던 부드럽고 배려심 넘치던 그 물이 맞나 의심이 갈 정도다. 저도 무섭겠지. 소리라도 질러야 머뭇거리지 않고 뛰어내릴 용기가 생기리라. 내 속에 너무도 많은 나를 다스리지 못해 변덕쟁이가 되는 나를 보는 것 같다. 동지애를 느낀다.

　다리 난간에 서서 눈을 감고 폭포 속으로 빠져든다. 사정없이 무언가를 던지는 것 같기도 하고 열띤 응원 소리 같기도 하다. 전신이 오싹하다. 시원함인지 공포인지 한기를 느낄 즈음 추억 속으로 들어간다. 폭포 아래서 발을 적시며 아이가 되어 찰박찰박 걷는다. 발바닥에 밟히는 굵은 모래의 자극에 몸이 저릿하다. 아이들의 재잘거리는 소리가 귓가에 사운댄다.

　길이 물을 따돌린다. 계곡을 비켜서니 산의 소리가 웅성웅성 들린다. 층층나무, 노각나무 서어나무, 때죽나무, 팔배나무 등 이름도 생소한 나무들이 각자 역할을 찾아 화음을 잘도 이룬다. 바람의 도움이리라. 새들도 제각각 다른 악기를 연주한다. 질투가 났던지 매미가 소리를 지른다. 소프라노다. 짧은 생이라 봐 주겠다는 숲속 식구들의 배려를 감지한 모양이다. 소리 하나하나에 귀를 맡긴다. 무질서 속에서 질서를 본다.

　소리길은 마술사다. 찬물을 마시지 않아도 시원하고 따끈한 차 한 잔이 없어도 뜨겁다. 점심때가 한참 지났지만 시장기도 잊었다. 소리길은 휘청거리는 삶에 잠시 앉아 숨 고르기를 하는 의자가 되리라.

오늘은 나, 내일은 너

삐죽삐죽 솟은 빌딩 숲을 헤치고 골목길로 들어선다. 뒤따라오던 도시의 온갖 소리가 점점 작아진다. 낡은 건물들이 낮게 엎드린 좁은 길을 한참 걸어가면 포근한 미소로 반기는 곳이 있다. 도시의 한중간에 외딴섬이다. 남산동 성모당. 태풍의 눈인 듯 고요하다. 사람들의 움직임이 조용조용하고 말소리도 거의 들리지 않는다. 서성이는 사람들보다 성모당 앞에 동상처럼 앉아 기도하는 이가 더 많다. 하얀 미사포를 쓰고 묵주를 돌리는 모습이 풍경화 같다.

대구 천주교회 초대교구장이었던 안세화 주교가 건립하였다고 한다. 설계와 모형은 프랑스 루르드 성모굴을 본뜨고 가능한 한 루르드 성모굴의 크기와 바위의 세부적인 면까지 비슷하게 했다. 오른쪽 면의 뒤쪽이 안쪽으로 약간 꺾여 들어간

직사각형의 내부를 암굴처럼 꾸미고 그 위에 성모상을 모셨다. 화강석으로 기초를 쌓고 흑색 벽돌로 각 모서리의 버팀벽을, 나머지 벽은 붉은 벽돌로 쌓았다. 각 부분의 비례 구성이 아름답고 벽돌의 짜임이 정교한 동굴로 지금까지 그 당시의 모습을 잘 간직하고 있다.

두 손을 모으고 허공을 응시한 성모상의 그윽한 눈빛이 부드럽다. 어머니의 마음이다. 성모상과 눈을 맞추니 오래전 세상 떠난 친구 어머니가 생각나 코끝이 찡하다.

친구 어머니가 위독하다는 소식을 듣고 달려갔다. 병원에 계실 때 뵈었는데 이젠 마지막인 것 같다는 전화를 받았다. 다정다감하고 고운 분이셨는데 고통으로 쇠한 몸과 마음을 대하니 다른 사람 같았다. 며칠 전만 해도 이 정도는 아니었는데 얼마나 힘들어 하시는지 아무 말도 못하고 그저 손을 잡고 울기만 했다. 살아 계실 때 한 번이라도 더 뵙고 싶어 왔는데 차라리 오지 말 걸. 가슴이 미어진다. 부둥켜안고 편안하게 가시라고 울음인지 기도인지 알아듣지 못할 말을 중얼거렸다. 보다 못한 친구가 이제 얼굴 봤으니 가라며 등을 밀었다.

흐르는 눈물을 주체할 수 없어 방향 감각도 없이 무조건 걸었다. 겨우 감정을 수습하고 주위를 둘러보니 성모당이 보였다. 급한 마음에 물불 가릴 겨를이 없었다. 신자도 아니면서

성모상 앞에 섰다. 떠나는 길을 막을 수 없다면 고통이라도 덜하게 해 달라고 애원했다. 타들어 가는 마음을 어쩔 줄 몰라 통사정했다. 늦가을이라 쌀쌀한 바람이 몸을 파고들었지만 옷깃을 다잡을 생각도 하지 않았다. 몇 시간을 앉아 있었는지 손이 시리고 목덜미가 선뜩했다.

아픔이 조금씩 누그러지면서 친구 어머니의 환한 모습이 보였다. 고등학교 때 수업을 마치고 아무 때나 찾아가도 밥상부터 차려주시던 어머니. 갑자기 비가 쏟아져도 걱정이 없었다. 우산을 챙겨주셨으니까. 기차통학하는 나를 안쓰러워하시며 시험기간이면 시험 끝날 때까지 있으라며 친구와 나란히 한방에 이불을 깔아주셨다. 방학 때가 되면 친구가 우리 집에 와서 자고 가기도 했다. 두 어머니가 서로 우리를 챙기며 가족처럼 지냈다. 조금 전엔 그려지지 않던 평소의 모습이 흑백 사진을 보는 듯했다.

안면도 없으면서 불쑥 나타나 치맛자락 붙들고 매달리는 나를 성모님은 무례하다고 나무라지는 않았을까. 뻔뻔스럽게 신고식도 없이 말이다. 돌이켜보니 무람없이 군 것 같아 죄송하다. 다음날 친구 어머니는 돌아올 수 없는 먼 길을 떠나셨다. 고통에서 해방되었다는 생각에 오히려 담담했다. 활짝 웃고 있는 영정 사진을 보며 성모상을 떠올렸다.

돌계단을 지나 붉은 백일홍의 안내를 받으며 발걸음을 옮긴다. 성직자 묘지이다. 공동묘지라면 외진 곳이나 산속에 있어야 한다는 선입견이 앞을 막는다. 선뜻 들어서지 못하고 머뭇거린다. 입구 양쪽 돌기둥에 라틴어로 쓰인 글귀가 눈길을 끈다.

"오늘은 나, 내일은 너."

갑자기 싸늘해지는 가슴을 진정시키며 깊은 뜻을 읽는다.

'오늘은 내가 여기 묻혀 있지만 내일은 당신이 이 자리에 올지도 모른다. 한 치 앞도 모르는 게 삶이거늘 큰소리칠 일이 뭐 있느냐. 하루하루를 소중하게 여기고 보람 있게 살아라. 삶과 죽음은 가까운 이웃이다.'

죽음 앞에선 만인이 평등함을 일깨운다. 누구라도 피해갈 수 없는 길이라면 멀리하고 두렵게 느끼기보다 가까이서 친숙하게 대하는 것도 좋은 방법이리라.

눈빛이 풀린다. 콧대가 꺾이고 일상의 소소한 상처에 진물이 마른다. 이리저리 걸리던 마음이 바람처럼 술술 통과한다. 깔끔하게 단장된 잔디와 색색의 꽃이 밝은 햇살에 한껏 빛난다. 살아생전 그분들의 마음인 듯 햇볕이 따사롭다. 저 세상에 가서도 사랑을 베푸시려는 건가. 사람들과 가까운 곳에서 침묵으로 가르침을 전한다. 사진 속에서 인자한 모습으로 넓은 품을 내어준다. 묵념하는 사람들 틈에서 나도 고개를 숙인

다. 묘역 주변의 나무들 빛깔이 곱다. 마지막을 불태우는 중
인가 보다. 이미 떨어진 잎도 수북하다. 붉은 잎과 퇴색한 잎
이 조화롭다. 하늘에 계신 친구 어머니는 편안하실까.

산자의 간절한 기도와 모든 걸 내려놓고 편안하게 누워있
는 죽은 자의 여유가 함께하는 곳. 성모당과 묘지가 사이좋은
이웃을 보는 듯하다.

주례사

『스님의 주례사』라는 책을 읽으니 일전에 어느 결혼식이
생각난다. 더위가 절정인 7월 하순경 지인으로부터 청첩장을
받았다. 무슨 곡절이 있기에 이 한더위에 날을 잡았을까. 흔
히 하는 소리로 특별한 혼수를 해온 건가. 요즘은 아이를 낳
지 않아 난리인 시대니 흠은 아닐 텐데. 궁금증이 상상의 나
래를 편다. 이런 마음을 읽은 것인가. 유학 가는 날짜를 맞추
다 보니 그리되었다고 한다. 여러 사람이 물은 듯 지친 목소
리다.

결혼식이 다가오니 더운 날씨가 걱정되었다. 지인들의 의
견이 분분했다. '에어컨이야 틀겠지만 많은 사람이 모이면
있으나 마나 할 것이다. 미안하지만 혼주하고 눈도장만 찍고
나오자. 교회 집안이라 예식을 끝까지 보다간 쪄 죽을지도 모

른다. 그래도 어떻게 그래. 땀 좀 흘려야지.' 난 입 다물고 있었지만 보통 예식보다는 몇 배나 긴 종교의식을 끝까지 들을 자신은 없었다.

하객이 엄청나게 많다. 우려가 부끄럽게 에어컨은 확실하게 냉기를 뿜으며 손님을 맞이한다. 날씨가 날씨인 만큼 신경을 쓴 모양이다. 예식은 시작되지도 않았는데 자꾸 시계에 눈이 간다. 마음이 앞질러 지루함을 느낀다. 행여 쪼잔한 마음을 들킬세라 한쪽으로 슬쩍 밀쳐두고 표정관리를 한다. 목사님의 주례사가 시작된다. 몸은 의자에 앉혀 놓고 눈과 입, 귀는 마실 다니기 바쁘다. 오랜만에 만난 사람들과 눈 맞추고 소곤대는데 목사님의 한 마디에 귀가 번쩍 뜨인다.

"더운 날씨에 달려와 주신 하객 여러분 고맙습니다. 교인이 아닌 분들을 위해 주례사를 미리 했습니다. 어젯밤에 신랑 신부를 만나 이런저런 조언을 했습니다. 두 사람의 행복한 앞날을 위해 축복의 박수를 부탁합니다. 마음을 담아 응원해 주십시오."

어리둥절한 하객들은 신랑 신부의 인사를 받으며 손바닥이 아프도록 손뼉을 쳤다. 채 5분도 걸리지 않았다.

『스님의 주례사』라는 책 제목도 목사님의 주례사만큼 놀랍다. 결혼생활을 경험하지 못했기 때문에 객관적인 지침서가 될 수도 있으리라. 자신의 일은 욕심과 이기심이 앞서 판단이 흐려지지만 남의 일은 옳고 그름이 잘 보이지 않을까. 솔로몬의 지혜는 의외의 장소에 숨어 있을 수도 있다. 통속적인 주례사가 아니어서 마음에 와 닿는다. 구절구절이 법문이다. 신랑 신부뿐만 아니라 모든 사람과의 관계에 적용되는 내용이다. 한 구절을 옮겨본다.

'상대방을 있는 그대로 인정하고, 그 사람 편에서 이해하고 마음 써줄 때 감히 '사랑'이라고 말할 수 있습니다.'

곰곰이 새겨보면 '사랑'이라는 말을 쉽게 입에 올리기 두렵다. 내 입맛대로 변하길 원하는 이기적인 마음을 사랑으로 착각하고 살아오지 않았던가. 가까이는 남편과 아이에게 멀리는 친구를 비롯한 지인들에게. 있는 그대로 인정하고 이해하기가 말처럼 호락호락 않지만 '사랑'이라는 명패를 달고 있다면 되짚어 볼 일이다.

이외수의 『하악하악』에 이런 글이 있다. 네티즌들의 무책임한 악성댓글에 시달리던 작가. 유명인인지라 함부로 맞대응하지도 못하고 그냥 넘어가자니 억울하고 화가 나서 속병을 앓았다. 당하고 있을 수만 없어 화내지 않고 점잖게 호통치는 방법을 고민하다 보니 오히려 좋은 글감이 되었다. 어느 날 여자에 관한 글을 썼더니 남자인 주제에 여자에 대해 뭘

안다고 헛소리하느냐는 댓글이 달렸다. 기분 좋게 답글을 달았다.

"이보게, 파브르가 곤충이라서 그 유명한 곤충기를 썼는가."

넘치는 재치에 속이 후련하다.

때로는 지름길을 두고 돌아서 가고 남이 올라 갈 때 내려가기도 하면서 뜻밖의 지혜를 발견하기도 한다. 선뜻 내키는 일이 아니라 용기가 필요하겠지만 해볼 만하지 않은가.

주례하는 분은 먼저 살아 본 선배로서 하고 싶은 말이 많을 것이다. 그 마음과는 달리 들뜨고 분주한 예식장에서 누가 귀담아들을까. 그렇지만 새 출발 하는 신랑 신부는 가슴에 새겨야 할 말들이 분명히 있을 것이다. 두 가지 목적을 다 이루고 하객들의 환영까지 받은 목사님의 이색적인 주례사. 진심으로 축하해 주며 하객의 역할을 제대로 한 것 같아 뿌듯하다.

스토커와 경호원

얼마 전 신문을 보고 놀라 무심히 지나치던 주변을 살펴본다. 현관을 나서니 부리부리한 외눈박이가 위에서 내려다보고 있다. 비가 오나 눈이 오나 밤낮 지켜보고 있었다니 기분이 그리 유쾌하지 않다. 은행, 식당, 대형할인점, 백화점 등 어디에서도 어김없이 녀석을 만난다. 선택의 여지가 없다. 얌전하게 있지 않고 둘레둘레 주변을 살피기까지 하니 피하는 것이 여의치 않다. 꼼짝없이 녀석의 눈길 안에 갇히고 만다. 스토커가 따로 없다. 마음 같아서는 썩 물러나라고 호통치고 싶지만 안전이란 카드를 버젓이 들고 있으니 버릴 수도 가질 수도 없는 뜨거운 감자다.

어떤 이유로든 녀석을 닦달하면 내가 종일 어디서 무얼 하고 누굴 만났는지 행적을 낱낱이 알 수 있다. 친절하게 일거

수일투족을 날짜, 시간대별로 구분까지 해서 고해바친다. 이젠 모습을 살짝 바꾸어 화장실이나 목욕탕까지 따라오는 일도 있다니 끔찍하다. 물론 그건 불법이다. 녀석의 횡포가 늘어가는 게 두렵다.

목적대로 살가운 경호원 역할만 한다면 어디든 따라와도 상관없지만 애초에 너무 추켜세운 탓일까. 안전이라는 본래의 듬직함은 제쳐놓고 보지 말아야 할 곳을 몰래 훔쳐보고 폭로하는 일에 재미를 들인다면 큰일이다. 충직한 머슴이기보다 할 말 안 할 말 가리지 않은 입살개가 되어 세상을 시끄럽게 하는 건 아닌지 염려스럽다.

어차피 녀석을 따돌릴 수 없다면 문밖을 나설 때마다 옷매무새라도 단정히 매만지고 나가야 하는 걸까. 입꼬리를 살짝 올리고 미소를 지으며 이미지 관리를 해야 하나. 혹 비밀로 하고 싶은 장소에 갈 때는 선글라스를 끼고 딴사람인 척 위장해볼까. 후일 예기치 못한 상황에서 녀석에게 나의 행적을 물어봐야 하는 일이 생길 걸 고려해서 말이다.

법적 허락을 받았으니 우리도 할 말이 많다. 부리기 나름이지. 든든한 경호원이든 골치 아픈 스토커든 칼자루는 자신들이 쥐고 있으면서 들일 때는 언제고 인제 와서 구박하는 건 뭔가. 처음엔 큰돈 들이지 않고 경호원을 고용했다고 호들갑을 떨며 좋아하지 않았는가. 더러 친구 녀석들이 엇길을 가긴 하지만 그것도 따지고 보면 자기들이 저지른 일이다. 우린 이 끄는 대로 따라갔을 뿐이다.

본래 목적을 잘 지키면 될 것을 왜 남을 탓할까. 그 시간에 엉뚱한 짓 하는 녀석들이 본연의 임무로 돌아올 수 있도록 궁리나 할 일이지. 잘하고 있는 친구들에게까지 몰매를 때릴 건 없지 않은가. 우리 때문에 보호받고 위기를 모면한 일은 당연하게 생각하면서. 역기능을 들추기 전에 순기능을 앞세워 힘을 실어 주면 좀 좋을까. 우리를 원망하기보다 자신들의 마음밭을 한번 들여다보면 문제는 간단히 해결될 것이다. 구더기 무섭다고 장을 담그지 않는 어리석은 행동을 하지 말았으면 좋겠다.

그래 네 탓이 아니라 너를 고용한 사람들이 문제지. 비웃적거림을 당해도 싸. 하마터면 너를 군것지게 만들 뻔했구나. 일전에 겪은 일을 깜박했네. 네 덕을 톡톡히 봤잖아. 그땐 곳곳에 너를 세워둬야 한다고 입에 거품을 물고 떠들었으면서. 은혜는 돌에 새기고 원수는 물에 새기라 했거늘 사람 마음이 이리 얄팍하구나. 몰래 버리고 간 양심을 주인에게 강제로 찾아 주었지. 네가 증인이 되는 바람에 언성 높이지 않고 점잖게 말이야. 주차해 놓은 딸아이 차에 상처를 내고 말없이 달아나 놓고선 발뺌하다가 너를 들이대니 그제야 인정했지. 너를 무시해도 유분수지 어찌나 잔밉던지. 그땐 너도 뿌듯했을 거야. 너의 불평을 새겨들으마.

어느 신문에서 '비서(CCTV)를 통해 본 김 대리의 하루'라는 제목으로 기사가 실린 걸 봤다. '가는 곳마다 설치된 CCTV로 당신의 사생활이 몽땅 기록되고 있다. 실제로 출근할 때부터 퇴근할 때까지 CCTV를 벗어날 수 있는 곳은 거의 없었다.'는 내용이었다.

아파트 현관을 지키고 있는 녀석을 다정스럽게 쳐다본다. 좋은 게 좋은 것 아닌가. 소리 없는 웃음으로 말을 건다. 사회 여건상 앞으로 녀석의 쓰임새가 늘어날 수밖에 없는 처지라면 믿음직한 경호원으로 오래 동고동락할 방법을 연구해볼 일이다. 명석한 두뇌들이 모여 녀석을 탄생시킬 때의 첫 마음을 찾아야 하리라. 커다란 외눈을 이리저리 굴리며 본대로 기록할 뿐이라며 표정이 없다. 가리사니가 없는 날탕이니 사람들 뜻에 맡긴다는 뜻인가.

괭이풀

봄이 거의 끝나갈 무렵 화분 분갈이를 했다. 거름이 부족하고 자리가 비좁아 꽃나무들이 시난고난 앓고 있는데도 엄두가 나지 않았다. 차일피일 미루다 대대적인 작업을 했다. 그런데 한 달이 지나도 생기를 되찾을 생각을 않는다.

걱정이 되어서 자세히 살펴보니 화분마다 괭이풀이 빼곡히 뿌리를 내려 더부살이를 하고 있다. 허락도 없이 들어온 주제에 식구들을 언제 늘렸는지 주인 행세를 할 태세다. 너울가지가 여간 아니다. 분갈이할 때 딸려 들어온 것인가. 맘먹고 한 분갈이가 불청객으로 인해 허사가 될 판이다. 만사 제쳐두고 화분에 붙어 앉아 일일이 뽑아내기를 거듭했건만 도무지 사라질 기미가 보이지 않는다.

팽이풀과 씨름하다 보니 병원에 계신 은사님이 생각났다. 칠십 세가 넘으셨는데 뜻밖에 새 눈을 선물 받았다. 한쪽 눈은 실명한 상태고 다른쪽 눈은 희미하게 겨우 물체의 윤곽만 보이는 정도로 사 년을 넘게 지내셨다. 각막이식 신청은 해 놓았지만 연세도 있고 대기자가 많아 기대하지도 않았는데 이루어졌다. 안개 덮인 세상만 보다가 햇빛 쨍한 날을 보게 되었으니 그 기쁨을 어떻게 말로 표현하실 수 있을까. 세상이 달리 보이셨을 것이다.

수술을 하고 처음 새로운 눈을 대하던 날이다. 하얀 안대를 들치는 간호사의 손을 주시하며 두렵고 기쁜 마음을 진정시키느라 진땀이 난다. 아직 자리가 덜 잡힌 탓에 빨갛게 충혈된 눈이 사방을 살핀다. 어색하고 불안한 기색이 안쓰럽다. 어떤 환경에서 살다 왔는지 알 수 없지만 새로운 몸을 만났으니 잘 적응하길 바라는 마음으로 풋인사를 나눈다.

땅 속에 묻혀 한줌 흙으로 돌아갔을지도 모를 상황에서 새로 태어났으니 어리둥절하겠지. 나무 한 그루 옮겨 심는 것도 쉽지 않은데 하물며 몸을 옮겨 왔으니 오죽 낯설까. 저번 몸이 어떤 몸이었든, 현재의 몸이 마음에 들든 들지 아니하든 따지지 말고 무조건 꾹 눌러 앉았으면 좋겠다.

서두르지 말고 건강하게 새로운 몸에서 역할을 충실히 했으면 싶다. 혹 몸의 다른 부분들이 서먹하게 대해도 먼저 마음을 열어 곰살갑고 구순하게 대했으면 한다. 텃세라는 걸 감안해서 말이다. 은사님은 종교와 더불어 기도하는 삶을 살아오신 분이라 적응하기가 쉬울 것이다. 연세가 좀 많으신 게 걸리지만 비교적 몸 관리를 잘 하셨으니 그렇게 불편하지는 않을 것이다. 다행스럽게 몸도 새 식구를 받아들일 각오를 단단히 했는지 긴 수술에도 잘 견디어 평소의 건강을 찾아가고 있다.

괭이풀을 예쁜 화분에 옮겨 병실 창가에 두었다. 은사님은 여기까지 오게 된 꽃의 내력에 정이 가는 모양이다. 실낱같은 수술까지 잘 보인다고 아이처럼 좋아 하신다. 화분을 감싸 쥐는 손의 떨림에 꽃잎이 작은 몸짓으로 답한다.

괭이풀의 근성을 새 식구가 된 한쪽 눈이 닮기를 바란다. 괭이풀에 비하면 새 눈의 형편이 훨씬 낫다. 정식으로 초대받았으니 품위 있게 귀빈석을 지키기만 하면 된다. 꼼수 써가며 억지로 비집고 들어오느라 지청구를 들을 필요도 없다. 힘들고 외로운 여건을 괭이풀과 나누면 고통의 무게가 가붓해질 것이리라.

새로운 장소에서 누구하고나 잘 섞일 수 있다는 건 기쁨이고 능력이다. 괭이풀이 이제 귀하게 보인다.

샛길

산에 오른다. 주인도 객도 없는 듯 조용하다. 바람만이 지친 산을 위로하느라 분주하다. '샛길로 다니지 맙시다.' 작은 플래카드를 흔든다. 며칠 전엔 보지 못했는데 누군가 적극적으로 나섰다는 생각에 염려 한 조각이 떨어져나간다. 활기찬 예전의 모습을 찾을 수 있는 기회가 될 수 있을까.

샛길, 꼬불꼬불하고 좁지만 소박한 멋이 있다. 다락방 같은 비밀스러움에 가슴이 두근거린다. 에둘러 가지 않아서 좋고 호젓하게 생각에 잠길 수 있어 운치가 있다. 그런 길이 때에 따라선 상처가 되기도 하니 빛과 그림자의 이치를 어찌 거스를 수 있으랴.

한바탕 소란이 지나간 오후 두어 시쯤, 인적이 드문 시간이다. 아파트 단지 바로 앞에 있는 산이라 한낮 잠시를 제외하

곤 항상 붐빈다. 나무보다 사람이 더 많다고 하면 과장일까. 산이 지쳐서 넋이 나간 듯하다. 허옇게 드러난 맨살에 발을 디디기가 민망하다.

십오륙 년 전 이사 왔을 때가 생각난다. 높지도 낮지도 않은 산이 아담하게 동네입구를 지키고 있어 정겨움이 묻어난다. 아이들을 데리고 놀이터 삼아 오솔길을 걸으며 때 묻은 마음을 산 냄새로 씻어낸다. 한갓진 날에는 느긋하게 산식구들과 눈을 맞추며 대화를 나눈다. 상처와 치부도 여과 없이 드러내 놓고 위안을 받는다. 사계절의 풍경을 보며 마음도 넉넉한 자연의 옷을 갈아입는다.

아이들은 색색의 풀꽃에 눈빛을 반짝인다. 좁쌀만 한 꽃을 무릎걸음으로 옮겨 다니며 요모조모 살핀다. 요란한 새들의 수다에 가져간 모이를 한 움큼 던지자 산새들이 떼지어 몰려든다. 주변을 살피며 재빨리 먹는가 싶더니 금방 자리를 뜬다. 나무 꼭대기에서 다람쥐도 군침을 삼킨다. 사람들이 떠나기를 기다리며 까만 눈으로 도리반거리는 모습이 영락없이 사랑오운 아이다. 가까이서 보고 싶어 까치발로 다가가니 멀리 달아난다. 먹고 싶은 욕구가 두려움을 이기지 못했나보다.

이젠 추억속의 풍경이다. 언제부턴가 사람들의 발길이 잦아지면서 산은 작게 때로는 크게 신음소리를 냈지만 눈과 귀를 막은 사람들은 관심 밖이다. 무질서하게 아무 곳에나 샛길을 내고 시도 때도 없이 와서 치대니 탈이 났다. 산이 아니라 길이 되고 말았다. 나뭇가지를 타고 오르내리며 재주 부리던 다람쥐를 본 지 오래다. 방패처럼 산을 지키던 나무들이 몸집을 줄이고 더러는 죽었다. 많던 풀꽃도 몇 종류밖에 보이지 않고 새소리도 들리지 않는다. 대신 도시의 소음이 파고든다.

안아주면 업어달란다고 했던가. 출입을 허락받았으면 불편하더라도 정해진 길로 다녔으면 좋았을 텐데 자신의 편리에 따라 행동하다 쉼터를 잃게 생겼다. 오르기가 쉬운 곳, 그늘이 많은 곳, 풀꽃이 무성한 곳 등 나름대로 타당한 이유로 무질서하게 샛길을 만들었다.

머리가 빠진 듯 듬성듬성해진 산길에 이젠 모자를 쓰지 않으면 햇살이 뜨거워 오르기가 어렵다. 걸을 때마다 흙먼지가 일어 눈이 따갑다. 쉽고 편안하다고 홀대했으니 당연한 대가겠지. 산은 무례한 사람들이 얼마나 원망스러울까.

이미 벌어진 일이지만 어떻게든 수습을 해 봐야 될 것 같아 샛길이 아닌 원래의 길을 가려해도 분간할 수가 없다. 여간해선 표도 잘 나지 않는 흙 위의 발자국이 반질반질 윤이 나는 길로 다져졌으니 그 세월이 얼마일까. 대수롭잖게 생각했던 것의 결과에 당혹스럽다.

식구를 잃은 산이 딱하다. 아쉬움에 옛 생각을 하며 찾아오지만 전해오는 건 외로움뿐, 마음이 불편하다. 언제 가도 편안함을 느낄 수 있어, 늘 그 모습이려니 했는데 생채기를 보고 나서야 소중함을 느낀다.

산의 아픔을 많은 사람들이 느꼈나 보다. '산이 아파요.' 또 다른 플래카드가 발길을 붙잡는다. 군데군데 잔가지를 모아 샛길을 막아놓은 곳도 있다. 나뭇가지 끝에 꽂혀있는 사과 조각도 눈에 띈다. 먹을 식구들이 없으니 하릴없이 햇빛과 속삭거리며 수분을 날린다. 쪼글쪼글해진 모습이 놓친 버스의 뒤태를 보는 것 같아 씁쓰레하다. 후회가 있으면 얻는 게 있으려니 희망의 싹을 본다.

연인

왜 이리 늦었소. 걱정했구먼. 기다리다가 배가 고파 주문은 미리 했소. 날씨가 추워 따끈한 탕으로 했는데 괜찮지요. 손이 싸늘하네. 겉옷 벗어 이리 주고 어서 앉아요.

미안해요. 막 나서려는데 손주 녀석들이 들어와서 학원갈 준비해 주고 오느라 시간이 이렇게 가버렸네. 버스 안에서 계속 달렸구만 결국 지각이네요. 잘 지냈지요. 그런데 얼굴이 좀 상했네. 뭔 일 있었어요?

당신 말재주 늘었네. 늦어도 괜찮으니 너무 서두르지는 마요. 그러다 넘어지면 큰일나려고. 일은 무슨 일, 만날 먹고 노는 사람이. 노인네가 얼굴이 축날 때도 있지. 아무 이상 없으니 염려 말아요. 배앓이를 해서 며칠 굶었더니 그런가 봐요. 이젠 다 나았소. 이렇게 추운 날 등 뜨시고 배부른데 더 바랄 게 뭐 있겠소. 더군다나 당신도 내 앞에 있으니 난 복 받은 사람이지.

그래요. 우린 이만하면 괜찮은 사람들이에요. 진작 왜 떨어져 살 생각을 못했는지 몰라요. 그러고 보니 우리가 밖에서 만난 지 1년이 다 되어 가네요. 지난 봄부터였으니까. 큰며늘아이가 힘들어 해서 찌푸린 얼굴 보고 있자니 바늘방석이었지요. 가까이 있는 인정 많고 싹싹한 막내며느리도 선뜻 저희 집으로 오란 소리 한 마디 하지 않으니 그 아이까지 미웠어요. 다시 생각해 보니 두 늙은이가 보통 짐이 아니니 이해가 됩디다.

막내도 큰아이네가 신경쓰였는지 두 분이서 가끔 다녀가라고 할 때 나 혼자만 아예 그 집에 들어가면 어떨까 싶었지요. 어찌 되었든 큰아이 짐을 들어줘야 마음이 편할 것 같아서요. 당신이 걱정되고 막내에게도 미안했지만 지나가는 말로 해 본 소린데 승낙할 줄 몰랐어요.

요즘은 시간이 왜 이렇게 잘 가는지 당신 만날 생각을 하니 일주일이 눈 깜박할 사이지 뭐예요. 저번에 한동안 2주에 한 번씩 만날 때는 궁금하기도 하고 지루해서 혼났어요. 전화야 하면 되지만 당신이나 나나 빈집일 때 해야 하니 맞추기가 어디 쉽던가요. 그쪽 아이들은 다 잘 있지요.

　그럼. 염려 말아요. 나도 잘하려고 노력하고 있소. 큰아이가 이것저것 간식거리도 챙겨주고 내가 나간다고 하면 옷도 신경써 준다오. 원래 싹싹한 사람은 아니지만 그래도 속정은 있어요. 당신이 막내 집으로 옮긴 게 은근히 고맙고 미안한 모양입디다. 지가 집안일만 하는 사람이면 당신을 붙들었을 거라며 속마음을 언뜻 비춥디다. 그만하면 고마운 것 아니요.
　우리 몸 성할 때까지 이렇게 얼굴 봅시다. 나도 당신을 바깥에서 보는 재미가 특별나구려. 우리가 언제 이런 적 있었소. 기껏 밥 한 끼 같이 먹는 것이지만 얼마나 좋소. 젊은 사람들이 연애하면 이런 마음인가 보오. 허허허.
　날씨 따뜻해지면 공원에도 가고 그 뭐요, 카페인가 커피집인가 거기도 갑시다. 몇 천 원 주면 종일 앉아 있어도 되잖소. 당신 좋아하는 빵도 먹고. 젊은 사람들 음악도 자꾸 들으니 들을 만하고 좋더구먼. 이번엔 그 집 이야기 한번 들어 봅시다. 빼지도 보태지도 말고 있고 그대로 말해 보구려. 그 집이 불편하면 내 집과 바꿔줄 테니. 허허허.

　큰아이가 그런 마음을 쓴단 말이에요? 당신이 그렇다면 믿는 수밖에. 한 사람이라도 줄었으니 제 마음이 편해졌는지 모르지요. 막내도 잘해요. 그 애는 원래 자분자분 이야기도 잘하고 순하잖아요. 내가 그 집에서 할 일이 있어 다행이지요. 손주들이 아직 어려서 내 손이 필요하니 눈치가 덜 보여요.

당신과 만나는 건 모르는 눈칩디다. 다른 말끝에 하마터면 데이트한 이야길 할 뻔했지 뭡니까. 말을 하다가 뚝 끊었더니 저 할미가 무슨 꿍꿍인가 싶었는지 의아한 눈으로 보는데 둘러대느라 진땀이 났어요. 당신 만나러 갈 때면 나도 모르게 거울 앞에 오래 서 있게 되어요. 연애하는 기분이라니까요. 하기야 연애는 연애지. 당신을 이렇게 밖에서 몰래 만나니까.

당신도 조심해요. 아이들한테 들키면 안 돼요. 늙은 사람들이 유난스럽게 군다고 흉볼지도 몰라요. 저희도 늙어보면 살아갈수록 부부가 제일이라는 걸 알겠지요. 우리도 자식 노릇해 봤지만 효자 노릇 하기가 쉬운 일이 아니잖아요. 예전에야 남의 눈이 무서워서라도 기본은 했지만 요즘은 세월이 달라졌는데 무조건 강요할 수는 없어요. 이러다 걸음도 제대로 못걸으면 할 수 없이 견우직녀가 되는 거지 뭐. 그렇지요?

당신 말이 맞소. 더 못한 자식도 많지 않소. 물려 준 것도 없는데 맞벌이하며 사는 것 보면 짠하지. 그나저나 날 풀리면 우리 운동합시다. 공원을 두어 바퀴만 돌아도 충분할 걸요.

좋지요. 우리 몸을 잘 챙기는 게 자식들 도와주는 일이니까, 죽는 거야 지금 죽어도 괜찮지만 병원 신세질까 봐.

동네에서 자주 마주치던 노인이었다. 부부라기보다 연인 같았다. 할머니 손지갑을 할아버지가 들고 가는 모습이며 서로 옷깃을 여며주는 손길이 예사롭지 않았다. 단정한 차림에 고운 모습으로 손을 잡고 산책하는 걸 봤는데 이 동네 분이 아니셨다. '젊은 연인 못지않게 보기 좋은 모습이구나.' 생각했는데 사연이 있었다. 식당에서 우연히 옆자리에 앉아 인사를 하게 되었다. 안면이 있던 터라 자연스럽게 이야기를 나누었다.

내 몸이 좋지 않아 우리 내외가 짐 싸들고 큰아이 집으로 들어오면서 며느리한테 많이 미안했어요. 고민 끝에 영감님하고 각자 큰아들과 막내아들 집에 떨어져 살게 되었어요. 그러면서 우린 사이가 더 좋아졌어요.

나도 잊어버리고 있었던 젊었을 적 일을 영감님이 사과도 하고 다시 태어나면 요즘 남자들처럼 멋진 남편이 되겠다고 할 때면 얼굴이 붉어진다오. 주책없지요. 나중에 어떻게 해주겠다는 말 누군들 못하겠소. 그게 공수표일지라도 기분이 좋아요. 마누라와 자식은 안중에도 없는 양반인 줄 알았는데 그게 아니었구나 싶어 뭉쳐 있던 응어리가 눈 녹듯 한다니까요.

젊었을 때는 참 많이 싸웠어요. 영감님이 밖으로만 나들고 집안을 몰랐거든요. 그런데 나이 들수록 소중하니 참 우습지요. 스무 살도 안 돼 시집와서 칠십 년 가까이 살아도 몰랐던 속을 이제야 겨우 조금 알 것 같아요. 그전엔 시시콜콜 이야기 나눈 적이 별로 없었으니까. 댁들도 자식만 끼고 돌지 말고 남편부터 챙겨요. 세상이 아무리 변해도 부부는 집안 기둥이라오. 기둥끼리 서로 힘이 되어야지요. 요즘 아이만 챙기는 엄마들 보면 걱정스러워요.

영감님을 만나면 서로 자신이 사는 집 며느리가 잘한다고 자랑하기 바빠요. 그러다 결국은 내가 영감님 교육하는 것으로 끝이 난답니다. 소소한 집안일을 도우며 소속감을 느끼라고 하지요. 그래야 마음도 젊어지지요. 누가 뭘 안 해주나 싶으면 섭섭한 마음밖에 더 남겠어요.

영감님을 직접 챙겨주지 못하는 것이 딱하지만 내 몸 주체하기도 어려우니 자식 도움 받아야지 어쩌겠소. 딴 집에 살면서 자식들 부담도 들어주고 우리도 목석처럼 살다가 말년에 고목에 꽃피게 생겼지 뭐요.

부모에게 자식이란 뭘까. 물음표가 가슴을 누른다. 두 분의 웃음소리에서 빛과 그림자를 본다. 뭐라 딱 꼬집어 말할 수 없는 복잡한 느낌이 가슴 밑바닥까지 퍼진다.

꽃다발

텅 빈 놀이터 한쪽 구석에서 엄마와 아들이 시소를 탄다. 아이는 너덧 살쯤 되었을까. 쿵덕쿵덕 시소가 쉼 없이 움직인다. 끙끙대며 무게 조절을 하느라 엄마의 콧잔등에선 땀방울이 미끄럼을 탄다. 즐거워하는 아들을 보며 힘든 줄도 모르는 것인가. 세상에 두 사람만 존재하는 듯 아들을 향한 엄마의 눈빛이 뜨겁다. 눈꽃 같은 아이의 웃음소리에 지나가던 바람도 멈춘다. 저 행복이 얼마나 갈까.

세월이 흘러 역할이 뒤바뀌어도 과연 두 사람은 지금처럼 함박꽃이 필까. 미래의 그림이 그다지 선명하지 않다. 왜소한 엄마가 공중에 떠서 덩치 큰 아들을 애타게 바라본다. 이제나저제나 시소가 움직이길 기다린다. 딱하다. 옛일을 까맣게 잊은 아들과 옛일이 지금인 양 생생하게 기억하는 엄마. 서로 다른 생각이 설뚱멀뚱하게 허공에 떠돈다.

친구가 떠오른다. 아들만 둘인 친구는 입만 열면 자랑이다. 딸이 좋다고 야단인 시대에 무슨 뚱딴지 같은 소리일까 싶지만 내막을 들어보면 수긍이 간다. 남아선호 사상이 뒤바뀐 지 오래건만 시어른들의 특별대우를 받는다. 용돈에다 보약까지 넘치도록 보내준다며 얄미운 소리를 해댄다. 아들이 공부를 잘해 남들이 부러워하는 대학에 입학하자 등록금까지 주셨다며 통장에 돈 쌓이는 소리 못 들었느냐고 호들갑이다. 특히 큰아들에 대한 자랑은 끝이 없다.

며느리 여럿 중에 이 집만 아들이 둘이니 그럴 만도 하다 싶다가도 질투가 난다. 내가 보기에도 편치 않은데 편애를 당하는 당사자들의 마음은 어떨까. 한쪽으로 기울어져 있는 고장난 시소를 보는 것 같다. 땅바닥에 처박힌 시소의 한쪽이 곧 썩어 버릴 것 같아 염려스럽다. 시대가 어떤 시대인데 아들 타령이냐며 핀잔을 주어도 먹혀들지 않는다. 남의 집 아들과는 다르다고 단단히 믿고 있다. 나는 딸만 둘을 두었으니 말발이 서지 않으리라.

큰아들은 언제 어디서든 엄마의 울타리를 자처한다. 뒷전에 있는 작은아들이 버릇없이 굴면 가차 없이 꾸중을 한다. 바깥에서 있었던 일을 조곤조곤 이야기하고 시내 나들이도 곧잘 한다. 예쁜 찻집에도 같이 간다. 여기까지 듣고 나면 티를 내지 않으려던 부러움이 참지 못하겠다는 듯 입 밖으로 나오고 만다. 든든한 아들이 자상한 딸 노릇까지 하니 무슨 복이 저렇게 많은가.

얼마 전부터 친구의 자랑거리가 하나 더 늘었다. 큰아들에게 예쁜 여자 친구가 생겼단다. 벌써 며느리가 된 듯 예의바르고 참하다며 칭찬이 줄을 섰다. 그러더니 언제부터인가 아들 여자 친구 이야기는 입 밖에도 내지 않았다. 말 수도 줄었다. 궁금증을 누를 수 없어 슬쩍 말을 붙였다. 잘 사귀고 있다며 펄쩍 뛰는데 느낌이 개운치 않았다. 문제가 있긴 있구나 싶었지만 차마 물어 볼 수는 없었다.

의문이 풀리는 전화를 받은 건 얼마 전이다. 착 가라앉은 목소리가 전화기를 타고 힘없이 내 귀를 노크했다. 늘 하이톤의 경쾌하던 목소리는 흔적도 없었다.

친구의 생일 하루전날이었다. 밤늦게까지 연락도 없이 아들이 들어오지 않았다. 그런 적이 좀처럼 없었기에 불안해 하며 거실을 서성이고 있는데 초인종이 울렸다. 걱정되고 화도 나던 터라 문을 열자마자 혼을 내려고 했는데 꽃다발이 먼저 모습을 내밀었다.

끓어 오르던 화가 색색의 꽃에 마취가 된 듯 싱거울 정도로 금방 사그라졌다. 이름도 생소한 꽃 한 다발이 집안을 훤히 밝힌다. 눈이 부셨다. '내일이 내 생일이라고 이런 귀한 걸 준비하느라 늦었구나. 대학생이 되니 다르긴 다르네. 역시 우리 아들은 예사 아들이 아니라니까.' 몇 분간 재빠르게 행복한 드라마가 술술 오색실타래 풀리듯 이어졌다.

"아들아, 고맙다. 뭐 이런 것까지."

팔을 벌려 꽃을 받으려는 순간 실이 순식간에 뒤엉켜 버렸다.

"엄마 함부로 만지면 안 돼요. 내일 여자 친구 엄마 생신날 가져갈 거란 말이예요. 그 엄마가 좋아하는 꽃을 구하느라 시내를 다 뒤졌다고요."

온몸에 한기가 스며들었다. 귀는 윙윙거리고 아들이 낯설게 느껴졌다.

친구 이야기를 듣고 나니 나도 허우룩해졌다. 내가 누구인가. 딸을 둘씩이나 가진 엄마가 아닌가. 그 꽃다발이 미래의 사위가 들고 올 나를 위한 꽃다발일 터. 대놓고 좋아하지는 못해도 볼웃음이라도 지어야 할 텐데 내 마음이 왜 이럴까. 점점 작아지는 부모라는 초라한 공통분모를 나만 피해갈 재간이 없다는 걸 마음이 먼저 신호를 보내는 것일까. 문득 아이는 태어나서 누워 있을 때 이미 부모에게 할 효도는 다했다는 말이 생각난다.

모자는 시간 가는 줄도 모르고 시소타기에 푹 빠졌다. 웃음소리가 한층 더 깊다. 아이는 숨 바쁘게 엉덩이를 들썩거리는 엄마의 마음을 알까. 훗날 기억이나 할까.

　　친구의 젖은 목소리가 귓가에 맴돈다. 친구와 다시 시설거릴 날은 언제쯤일까.

5 부
봉수와 자전거

세월은 그저 흐르지 않는단다. 곧 옛말할 날이 올 거야.
뜨거운 태양도 견딜 만하고 붕붕거리며 오가는 차 소리도
익숙해질 테지. 사람들 가까이서 기쁨이 되는 것도 뿌듯할 거야.
또 누가 아니. 지금은 뭇 시선이 부담스럽지만 그걸 즐길 날이 올지.
그림자만 보지 말고 빛을 보렴.

망초꽃

낯은 집들 사이로 말끔한 주차장이 보인다. 최근에 단장했는지 주차선이 선명하고 바닥이 깔끔하다. 좁은 골목길에 걸맞지 않게 넓어서 낯설다. 모서리에 눈길을 끄는 것이 있다. 망초꽃이 생경한 눈빛을 보낸다. 투명한 병에 한 묶음 꽂혀있다. 줄기를 보아하니 방금 꽂아놓은 것인가. 한 점 그림이 되어 주변의 격을 높인다.

산과 들에 지천으로 피어 있어야 할 꽃이 누구의 손에 꺾여 여기까지 온 것일까. 낯선 곳 뙤약볕 아래 외톨이가 된 망초꽃. 터전을 떠나 엉뚱한 곳에서 얼마나 당황스러울까. 바람도 찾아오지 않은 답답한 주택가. 콘크리트벽으로 둘러싸여 숨이 막힐 것이다. 보슬비의 간지럼에 벌과 나비의 사랑에 새롱대던 모습은 어디 가고 여린 꽃대가 긴장감으로 뻣뻣하다. 땅이 아닌 병 속에서 살아가기가 쉽지 않을 터이다. 좁은 병 속에 갇혀 열심히 물을 빨아들이는 망초. 살아 내려고 노력하지만 어디 땅에 뿌리를 둔 것만 하랴. 적응될 때까지 목이 타리라.

삼십 년이 가까이 주부라는 이름으로 살다가 직장 생활을 하기로 마음먹었다. 굳은 결심을 하고 나섰지만 적응하기가 쉽지 않다. 이십 대의 젊은이들 틈에 끼인 나는 이방인이다. 분명 사람 사는 곳인데 다른 세상에 온 듯 혼란스럽다. 좌충우돌을 예상했건만 몸과 마음이 따로 논다. 답답한 마음을 달래기 위해 나선 길이다.

쪼그리고 앉아 꽃과 눈을 맞춘다. 망초야 힘들지. 어떤 연유로 이곳에 왔던 이왕 벌어진 일이라면 뿌리를 내리렴. 이참에 너 자신의 숨은 능력을 찾아보는 것도 괜찮을 것 같구나. 세찬 비바람과 따가운 햇볕에 시달리면서 꿋꿋하게 살아온 지난날이 힘이 될 거야. 다른 세상을 구경한다고 생각해. 이 땅에 태어나서 한곳에 붙박이로 사는 것보다 새로운 세상을 경험해 보는 것도 좋지 않을까. 요즘은 세계가 하나라고 떠드는 세상이니까. 처음부터 익숙한 곳이 어디 있겠니.

새끼낮인데도 기온이 체온을 넘어선다. 도로를 끼고 좁은 산길을 걷는다. 아스팔트길이 흡수하고도 남은 열기가 숲을 점령한다. 흐르는 땀을 연신 닦으며 양산으로 햇빛을 가린다.

'겨우 그것으로 나를 피해 보겠다는 건가.' 태양의 비웃음을 듣는 둥 마는 둥 하며 걷다보니 동네 주택가에 들어섰다. 산길이 끝난 지 한참인데 복잡한 생각에 빠진 마음이 현실을 떠났나 보다. 두서없는 발걸음이 여기까지 온 것이다.

세월은 그저 흐르지 않는단다. 곧 옛말할 날이 올 거야. 뜨거운 태양도 견딜 만하고 붕붕거리며 오가는 차 소리도 익숙해질 테지. 사람들 가까이서 기쁨이 되는 것도 뿌듯할 거야. 또 누가 아니. 지금은 뭇 시선이 부담스럽지만 그걸 즐길 날이 올지. 그림자만 보지 말고 빛을 보렴. 그림자가 진하면 빛이 강하다는 소리가 아니겠니. 어쩜 옛 친구들은 너를 부러워하고 있을지 몰라. 힘들여 물을 찾지 않아도 되니 호사하는 것 아니냐고. 이런 기회가 아무한테나 주어지지 않아. 넌 행운아야.

망초꽃 속에서 나를 본다. 내리쬐는 햇볕을 고스란히 받고 있는 모습이 안타깝다. 동서남북이 구분되지 않은 듯 어리둥절함이 온몸으로 느껴진다. 원래 꽃을 가져다 놓은 사람의 의도야 삭막한 주차장의 이미지를 바꾸어 놓고 싶었겠지만 망초꽃이 그 뜻을 헤아리기까지 힘든 시간을 보내야 하리라.

망초꽃을 위로한다. 아니 나를 위로한다.

망초꽃과 동질감을 느끼니 숨통이 트인다. 혼자가 아니라는 생각에 싸한 가슴이 누그러진다. 돌아오는 길에 다시 망초

꽃을 본다. 부정적인 생각에 파묻히기 전에 새로운 것에 대한
호기심으로 무장하자고 이른다. 사돈 밤 바래기 하듯 같은 말
을 되풀이한다.

비둘기호에 꿈을 싣고

특별한 일 없이 새벽에 잠이 깨이는 날. 마음은 역으로 내달린다. 어둠의 끝자락을 밀어내며 달려오는 기차에 오른다. 이런 날은 시린 마음을 데우고 싶다.

새벽 4시. 어둠은 아직 물러갈 생각을 않는다. 세차게 불어대던 칼바람은 조금 잦아든다. 부모님은 벌써 일어나 아침을 맞을 준비에 분주하다. 아버지는 가마솥에 식구들이 쓸 물을 데우시고 엄마는 식사 준비에 바쁘다. 타닥타닥 나무 타는 소리와 쌀 씻는 소리가 귀를 간질인다. 아직도 한밤중인 양 곤히 자는 동생들이 부럽기만 하다.

'곧 일어나야지.' 마음은 신호를 보내는데 몸은 따뜻한 이불 속의 유혹을 떨칠 수 없어 아까부터 꾸물거리고 있다. 엄마의 부르는 소리가 들린다. 대답이 없자 아버지도 한마디 거드신다. 오늘은 바람이 많이 불어 걷기가 힘들 것 같으니 조금 여유 있게 나서자고. 두 분의 합창에 무거운 눈꺼풀을 억지로 들어 올리며 이불 속에서 빠져 나온다.

　고등학교 삼 년 동안 기차 통학을 했다. 집에서 허허벌판 길을 오십여 분 걸어 나와 기차를 한 시간 정도 타고, 다시 시내버스로 학교에 도착한다. 통학거리가 왕복 네 시간이 넘는다. 아침잠이 많은 데다 거리가 멀다 보니 피로가 잠을 움켜쥐고 놓아주질 않는다.

　지금은 없어진 비둘기호. 대중교통 수단이 그리 흔하지 않던 시절이라 비록 낡고 허름한 몸체에 움직임이 느려도 많은 사람의 사랑을 받았다. 요금도 싸고 시골의 간이역까지 빠뜨리지 않고 들러 누구라도 환영하기에 발 디딜 틈이 없다. 웬만해선 앉아서 가는 행운은 주어지지 않는다.

　그 와중에 앞사람의 등을 책상삼아 책을 읽는다. 철도청에서 통학생을 위해서 운영하는 열차 도서관에서 빌린 것이다. '문고판'이라고 손바닥만 한 책이었는데 작고 가벼워서 들고 다니며 읽기가 편리하다.

　여름에는 변덕스런 날씨 때문에 곤란한 일을 당하기도 한다. 장대비 속에 장화를 신고 나섰는데 학교에 도착할 때쯤 햇빛이 쨍쨍 나는 바람에 외계인이 된 듯 당황스럽다. 체육

수업이 있는 날은 난감하기 그지없다. 그 후로 비가 오는 날은 난 장화를 신고 아버지는 운동화를 들고 역까지 따라나서신다. 역에서 뽀송뽀송한 운동화로 갈아 신고 좋아하는 나를 흐뭇하게 바라보시던 아버지. 그 사랑에 지금도 가슴이 저려온다.

아버지는 들에서 일을 하다가도 비가 오면 만사를 제쳐두고 우산을 들고 역으로 달려오신다. 교복이나 신발이 젖으면 당장 다음날 학교 가는 일이 문제다. 통학 거리가 멀어 새벽에 나갔다 밤중이 되어야 돌아오니 말릴 틈이 없다. 요즘에야 운동화를 여러 켤레 두고 번갈아 신으면 되지만 그땐 단 한 켤레로 구멍이 날 때까지 신어야 한다. 상급학교에 진학한 것만도 감사해야 할 처지라 다른 투정은 부릴 생각도 하지 못했으니까. 철이 빨리 든 탓도 있지만 부모님의 특별한 사랑이 있었기에 사소한 불편은 느껴지지도 않았다.

밥을 먹는 둥 마는 둥 하고 어둑어둑한 길을 나선다. 역까지 가려면 인적이 드문 깜깜한 길을 한참이나 걸어가야 하니 아버지가 늘 동행한다. 자전거도 귀한 시절이라 웬만큼 먼 거리는 걸어 다니는 게 당연하다. 성큼성큼 걷는 아버지 뒤를 종종걸음으로 따라 걸으면 몸은 한겨울에도 땀에 젖는다. 숨이 차서 쌕쌕거리면서도 쉬지 않고 재잘거린다. 아버지와 유일한 대화 시간을 놓칠 수 없지 않은가. 학교에서, 기차간에

서 있었던 일을 이야기하느라 연신 뽀얀 입김을 쏟아낸다

"그랬구나, 저런." 아버지의 혼수에 신이 나서 이야기가 한층 무르익어 가는데 어느새 역이 코앞이다. 어둠이 서서히 떠날 채비를 하고 아버지도 왔던 길을 되돌아가신다. 책가방 가득 당신의 사랑을 담아 건네주시는 투박한 손이 든든하다.

먼길을 힘들게 남들보다 몇 배의 시간을 투자하며 보낸 학창시절이었다. 하지만 비둘기호에 실은 꿈이 날마다 자라고 있었기에 즐거움이 더 많았다.

고단한 날들이었음에도 시간이 흐를수록 그 시절이 그립다. 물질적으로는 부족함이 많았지만 마음은 항상 호사스러웠다. 자식을 풍족하게 해 주지 못하는 부모님의 안타까운 마음이 온기로 전해졌으니까. 이젠 동동거리며 바삐 설쳐야 될 일도 없는 새벽. 추억 속의 기차에서 여유롭게 내린다.

바빠서

지하철 안이다.

젊은이들은 바쁘다. 귀에 이어폰을 꽂고 고개를 까딱거리며 음악에 빠져 있는 이, 신이 나는지 어깨까지 들썩인다. 손거울에 이리저리 자신을 비춰보며 화장을 고치는 이, 눈을 크게 뜨고 찡긋거리기도 하고 입을 오므렸다 폈다 하며 어찌나 열심인지 보고 있으려니 남의 방에 무단 침입한 듯 민망하다. 휴대전화와 눈 맞추는 이, 얼굴을 찡그리기도 하고 소리 없는 웃음으로 입꼬리를 올렸다 내리기도 하며 손바닥만 한 화면에 푹 빠져있다. 다들 방안에 혼자 있는 듯 거리낌 없이 각자 자기 일에 몰두해 누가 타고 내리는지 아무 관심이 없다.

연세 드신 분들은 주변을 살피며 서로 앉으라고 자리를 양보한다. 짐이 무거워 보이니 받아주겠다며 처음 만난 사이 같은데 늘 보던 사람처럼 가고 오는 말이 정답다.

"뭘 많이 샀네요. 큰 시장 댕겨오나 봐요."

"아이들이 온다고 해서 이것저것 샀더니 먹을 것도 없는 것이 무겁네요."

옆에 있던 어르신이 한마디 하신다. 젊은 사람들은 누가 서 있건 말건 신경쓰지 않는데 나이 든 사람들만 서로 자리를 양보하니 이래서 되겠느냐고 혀를 껄껄 찬다. 대답이 재미있다. 젊은이들은 바빠서 주위를 돌아볼 틈이 없으니 할 일 없는 우리끼리 서로 도와주면 되지 않겠느냐며 웃으신다. 북새바람이 인다. 몸이 오소소하다.

버스 기사 아저씨가 안내방송을 한다.

"어르신이 타십니다. 자리를 양보해 주시면 고맙겠습니다. 마이크 소리가 너무 크지요. 젊은 분들이 대부분 이어폰을 꽂고 있어서요. 바쁘다 보니 버스 타고 가는 시간도 아껴서 활용하는 경우가 많더라고요. 그렇지만 잠깐 주변을 둘러봐 주십시오. 좋은 일할 기회를 드리겠습니다. 시끄럽게 해서 죄송합니다."

정중하고 재치 있게 부탁한다. 내가 일어서려는데 휴대전화와 열심히 손가락 대화를 하고 있던 끌밋하게 생긴 청년이 놀란 듯 벌떡 일어난다. 손잡이를 잡고 엉거주춤하게 서 있는 어르신을 부축해 자리에 앉힌다.

"늙은 게 뭔 감투라고. 고맙소."

오는 행동이 예의 바르니 가는 말이 곱다. 예의는 같이 지킬 때 더욱 빛난다. 삐뚤어진 무언가를 반듯하게 정리하고 난 기분이랄까. 기사 아저씨가 고맙다고 마무리 인사를 한다. 사람들 얼굴에 꽃바람이 분다. 버스 안이 환하다.

"야야, 잘 지내나."

친정어머니다. 매번 어머니의 안부 전화를 먼저 받는다. 전화부터 드리고 다른 일을 하면 될 것을 볼일 다 보고 하려니 시간이 없다. 내일로 미루다 보니 받기만 한다. 어머니 마음엔 내가 맨 앞에 있고 내 마음엔 어머니가 마지막에 있다. 죄송한 마음에 이래저래 일이 많았다고 우물쭈물 변명한다.

"개안타, 신경쓸 것 없다. 너그는 바쁘니께. 늙은이가 뭔 할 일이 있나, 궁금하면 내가 하면 되지."

어머니 목소리가 마른 가랑잎이다. 물기가 하나도 없다. 쓸쓸하다. 어머닌들 자식들의 살가운 전화를 왜 먼저 받고 싶지 않으실까. 진정 바쁜 일이 뭔지 자문한다. 어머니의 속마음을 읽으며 바쁜 일 목록 속에 전화 드리는 일을 맨 위로 올린다. 곧 명지바람을 일으켜 어머니의 허전한 마음을 채우리라 다짐한다.

'바쁘다', 흔히 쓰는 말이다. 때로는 만만한 핑곗거리다. 역지사지가 되어 보면 수긍이 갈 때도 있지만 무성의하고 이기적인 느낌이 들 때가 더 많다. 나만의 생각일까.

우는 아이 버려두기

　허우룩하다. 아무나 붙들고 나를 좀 봐 달라고 매달리고 싶다. 딱히 이유도 없으면서 현재를 떠난 마음이 과거와 미래를 서성이며 생채기를 내고 있다. 이미 지나가 어쩔 수 없는 일들이 가슴을 후빈다. 상처 난 마음이 아직 다가오지는 않을 미래를 꼬드기어 같이 아파해야 하지 않겠느냐고 수선스럽게 군다. 얽히고설킨 실타래가 끝이 보이지 않는다. 날씨 탓인가. 햇빛 구경하기 어렵고 연일 수은주가 바닥에서 도무지 올라오지를 않으니 마음이 졸아든 것이리라. 우는 아이 젖 준다는 말이 있지만 이유도 찾아보지 않고 무조건 젖을 물리면 버릇이 나빠지리라. 칭얼거리는 마음을 못 본 척하고 집을 나선다. 이런 날은 몸을 힘들게 움직이는 게 상책이니까.

　동네 앞산이 온통 꽁꽁 얼었다. 며칠 전 발목까지 내린 눈이 추위에 그대로 갇혔다. 간간이 비치는 햇살에 녹았다 얼었다 하며 반들반들한 빙판길이 되었다. 사람들의 발길도 한몫했으리라. 아이젠도 신지 않고 스틱도 없이 나선 터라 난감하다. 예상은 했지만 생각보다 위험해 보인다. 이왕 나선 길, 다시 돌아갈 수도 없어 조심스럽게 발걸음을 옮긴다.

얼음과 눈으로 뒤덮인 산에 아이들의 웃음소리가 햇살처럼 퍼진다. 어른들 소리도 뒤섞여 시끌시끌하다. 주변을 두리번거리니 한 무리의 아이와 어른들이 썰매를 탄다고 야단이다. 어린 시절 시골에서 보던 익숙한 풍경이다. 눈길이 울퉁불퉁해 위험해 보이건만 다들 즐겁기만 하다. 중간에 어른들이 서서 속도 조절을 한다. 긴 막대기로 썰매를 제지하며 개울로 빠지거나 급하게 내려가는 걸 막는다. 아이들 덩치가 별로 크지는 않지만 가풀막진 길이라 가속도가 붙으니 무게가 만만치 않아 보인다. 어른들은 땀을 뻘뻘 흘리고 아이들은 재미있어 죽겠다는 듯 소리를 지른다. 산이 들썩거린다.

내가 가까이 가자 타던 썰매를 잠시 멈춘다. 경사진 길을 올라갈 걱정보다 그들의 즐거움을 멈추게 할 수 없어 망설임 없이 발을 내딛는다. 꼬부랑 할머니처럼 몸을 구부려 땅에 닿을 만큼 낮추고 미끄러져 내리면 땅을 짚고 마른 나뭇가지를 붙잡으며 겨우 비탈길에 올라선다.

썰매를 들고 옆에서 기다리던 아이들이 함성을 지르며 두

명씩 짝을 지어 타고 내려간다. 빨갛고 노란 썰매가 하얀 눈과 어울려 알록달록한 그림을 그린다. 놀이 공원에 가면 얼마든지 즐길 수 있지만 그것과는 비교도 되지 않으리라. 어른이나 아이 할 것 없이 얼굴이 발갛게 상기되어 있다. 보는 것만으로도 아찔한 쾌감이 느껴진다. 그들의 열기가 전해 온다.

가던 길을 재촉한다. 햇빛에 반사된 길이 거울인 듯 반짝인다. 한 걸음 한 걸음 외나무다리 건너듯 내딛는다. 바람도 없는 맑은 날씨가 카랑카랑하다. 바닷물을 닮은 하늘빛에 한기가 가득하다. 나무 사이를 비집고 들어온 햇빛이 언 땅을 어루만진다. 미미한 온기지만 받고 안 받고 차이는 엄청나다. 하느님 난로의 위력이 대단하다. 물기를 머금은 길에서 잠시 숨을 고르고 땀을 닦는다. 굳은 몸을 푼다.

귀를 간질이듯 '사각사각 쓱쓱쓱' 소리가 나를 유인한다. 눈 속에 먹이를 찾으러 나온 산속 식구들이다. 청설모가 나무 위를 오가며 눈치를 살핀다. 배가 고픈 것인가. 아무것도 줄 것이 없는데 어떡하나. 내 채비도 하지 않고 나왔으니 남 생각을 했을 리 만무하다. 한 무리의 새들이 눈 속을 이리저리 뒤진다. 눈 속에 파묻힌 마른 풀과 나뭇가지에 뭐 먹을 게 있는지 연신 쪼아댄다. 추위에 눈까지 내려 사람들의 발길이 뜸하니 먹이가 궁했으리라. 먹이를 찾아 헤매는 녀석들의 모습에 마음이 짠하다. '조금만 참아라. 날이 풀려 사람들이 들락

거리면 빈손으로 오지 않을 테지. 산에 있는 먹이를 찾기도 쉬울 거야.'

아직 갈 길이 멀다. 이제 겨우 반밖에 오지 않았으니 해가 숨어버리기 전에 빨리 내려가야 한다. 평소엔 평평한 길인 줄 알았는데 높낮이가 심하다. 긴장과 이완의 연속이다. 몸이 후끈하다. 잠바를 벗어 허리에 묶는다. 썰매 타는 아이가 된다. 가제 걸음을 걷기도 하고 경사가 급한 곳에선 엉덩이를 대고 미끄럼을 탄다.

위험을 되레 즐기는 아이들과 꽁꽁 얼어붙은 땅에서도 생존을 위해 애쓰는 동물들을 보며 칭얼거리던 마음이 자취를 감춘다. 불안과 걱정으로 눈물이 그렁그렁하더니 언제 그랬느냐는 듯 회색빛 커튼을 열어 젖힌다. 생기가 돌아 여유를 부린다. 미끄럼이 심한 곳에 낙엽을 한 아름 가져다 뿌린다. 단단한 막대기를 주워 누군가 지팡이로 쓸 수 있게 길 가장자리에 둔다.

우는 아이를 달래려면 그때마다 반응할 것이 아니라 버려두는 것도 한 방법이다.

나는 왜 쓰는가

　나는 왜 글을 쓰는가. 글쓰기는 나에게 무엇일까. 왜 고통을 자처하며 컴퓨터 자판기와 씨름하는가. 행복한 고민에 빠지고 싶다는 막연한 대답을 따라 내면으로 들어간다.

　나에게 글쓰기는 손수건이다.
　눈물이 많아 툭하면 잘 운다. 영화나 드라마를 보다가도 울고 남의 이야기를 듣다가도 눈물을 글썽거린다. 슬퍼도 울고 화가 나도 울고 고통스러워도 운다. 감정을 논리적으로 설명해야 하는 상황에서도 한바탕 눈물부터 쏟는다. 손수건이 없다면 남에게 손가락질을 받을지도 모른다. 아무데서나 눈물바람이라며 오지랖 넓은 푼수로 여길 수도 있을 것이다. 손수건이 있어 감정을 수습하고 얼굴을 매만진다. 마음놓고 쏟아

내어 쌓일 틈이 없으니 감정이 곪지 않는다. 치부를 닦아주는 손수건이 고맙다.

글쓰기는 복잡한 마음을 정리하는 시간이다. 놓친 이성을 찾는다. 감정에 허우적댄 부끄러운 자신을 위무한다. 남의 글을 대하듯 객관적이 되어 자르고 붙이고 이으면서 자신도 모르고 있었던 낯선 나를 만난다. 이건 내가 아니라고 소리치며 매몰차게 부정하고 싶을 때도 있고 당황스러워 숨고 싶을 때도 있지만 맞대응한다. 손수건이란 완충재에 용기가 생긴 것이다. 기분대로 뭉텅뭉텅 잘라내어 이도 저도 아닌 마음. 글을 쓰며 하나하나 맞추어 나가다 보면 복잡한 퍼즐을 완성한 느낌이다.

나에게 글쓰기는 우산이다.

그것도 여분으로 언제나 가방에 들어 있는 우산. 언제 비가 올지 모르는 날씨에 우산이 가방 속에 들어 있다면 든든하다. 먹구름이 무겁게 하늘을 덮고 있어도 걱정 없다. 작으면 어떠랴. 최신식이 아니라도 괜찮다. 있다는 것 자체가 위안이니까. 때에 따라선 누군가에게 친절을 베풀 수도 있다. 두 사람이 함께라면 그리 만족스럽지 않을 수도 있지만 그래도 그게 어딘가. 처음엔 초라한 우산이 머쓱했지만 여름날 갑자기 내리는 비를 몇 번 피하고 나니 그렇게 요긴할 수가 없다. 겁이 많아 별것 아닌 일에도 간이 콩알만 해지는 내게 더없는 위안이 된다. 변덕스러운 요즘 세상에 우산은 보험이다.

글을 쓰면 뿌듯하다. 한 편을 완성하고 나면 누구도 부럽지 않다. 모순되는 말이지만 쓰는 것이 고통스러우면서도 행복하다. 언제든지 백지 위에 나를 마음껏 풀어 놓을 수 있어서 좋다. 부끄러운 부분이든 부족한 부분이든 말이다. 뭔가 마음에 꽉 차 있는데 내보낼 여유가 없으면 답답하고 불안하다. 곧 한바탕 비가 쏟아질 것 같은데 우산 없이 길바닥에 서 있는 느낌이다.

나에게 글쓰기는 마음이 쉬는 의자다.

햇볕 고운 날 한적한 공원의 빈 의자를 보면 발걸음이 느려진다. 열 일 제쳐 놓고 앉아 있고 싶다. 보는 것만으로도 피로가 가신다. 의자에 앉으면 걸을 땐 보이지 않던 것이 보인다. 넉넉한 하늘이 보이고 발밑의 풀이 보인다. 있는 듯 없는 듯한 벌레의 분주한 움직임에 눈이 간다. 새롱대며 주위를 맴도는 박새의 재롱에 넋이 나간다. 들리지 않던 것이 들린다. 나뭇잎과 꽃잎이 소곤거리는 소리. 각양각색의 발걸음 소리. 유모차에서 아이가 새근새근 꿈속에서 헤매는 소리.

따사로운 햇볕이 베란다에 자리를 깔면 나도 덩달아 전을 편다. 의자 깊숙이 몸을 밀어 넣고 노곤한 잠에 빠진다. 잠깐 졸았나 싶었는데 볼이 빨개질 때도 있다. 봄꿈을 꾼 듯 개운하다. 의자는 영 잠에 빠지는 침대와는 또 다른 편안함이다. 틈을 이용해 기운을 회복하는 곳이다. 글을 쓰며 삶을 돌아볼 수 있다. 시간을 고무줄처럼 늘려 따끈한 차와 함께 마음을 살펴도 좋다.

감정이 뒤죽박죽되어 기분이 바닥을 칠 때, 어디를 둘러봐도 시퍼런 바다뿐 육지는 멀기만 하고 주위엔 사람 하나 보이지 않을 때 마음의 의자에 앉는다. 대수롭잖은 일에 자글거리는 마음을 달랠 때도 의자는 제 몫을 톡톡히 한다. 설뚱한 마음을 붙들어 앉힐 때도 제격이다. 나는 쓴다. 아니 늘 쓸 생각을 한다. 좁은 마음속에 갇혀 고통받는 나를 위로하고 보살피기 위해 쓴다.

봉수와 자전거

　시원한 강바람을 가르며 자전거가 '쌩'하고 지나갑니다. 강변을 따라 난 자전거 길에 형형색색의 옷을 입은 사람들이 신나게 질주합니다. 주로 혼자지만 더러는 뒷자리에 예쁜 아가씨를 태우고 놀며 쉬며 가는 모습도 보입니다. 무슨 이야기가 그리 재미있는지 웃음소리가 끊이질 않습니다. 강변을 노랗게 물들인 코레오프시스가 영문도 모르고 따라 웃습니다. 궁금증을 참지 못한 바람과 햇빛도 기웃거립니다. 그림 같은 풍경에 이끌려 세월을 되돌려 봅니다.

　시골 아이들이라면 누구나 타는 자전거를 나는 타지 못했습니다. 초등학교 5학년이나 되었지만 겁이 많아 배울 생각조차 하지 않았습니다. 오 리가 넘는 길을 걸어 다니다가 어느 날부터인가 옆집 봉수 자전거 뒷자리에 타게 되었습니다.

걸어 다니는 내가 안쓰러워 봉수 어머니가 생각해 내신 거였지요.

"봉수야, 승아는 체구가 작아서 태워 다녀도 되겠다. 인정머리 없이 혼자 먼저 달아나지 말고 뒷자리에 태워줘라."

나는 겁나고 부끄러워 싫었지만 아침잠을 더 잘 수 있겠다는 생각에 못 이기는 척 뒷자리에 올라 앉았습니다. 그러나 생각처럼 편하지만은 않았습니다. 엉덩이도 아프고 울퉁불퉁한 길을 지날 땐 곧 떨어질 것 같아 좌불안석이었습니다. 그렇다고 남학생의 허리를 끌어안을 수도 없어 옷자락만 겨우 잡고 있자니 불안했습니다. 첫날은 천천히 가더니 날이 갈수록 어찌나 속도를 내는지. 할 수 없이 봉수 허리를 힘껏 끌어안았습니다. 무서움을 이기지 못한 부끄러움은 집을 나가 버렸습니다.

학교에 도착할 때면 봉수는 땀을 비 오듯 쏟았습니다. 미안한 마음에 다음부터는 가방만 싣고 나는 걸어가겠다고 했더니 봉수가 사색이 되어 손사래를 쳤습니다. 하나도 힘들지 않다고 자전거 타는 실력을 얕보는 거냐며 버럭 화를 냈습니다.

"이 바보야, 천천히 가면 힘도 덜 들고 나도 무섭지 않을 텐데 왜 그렇게 쌩쌩 달리냐."

볼멘소리를 하며 달려드니 봉수도 지지 않았습니다.

"네가 자전거를 탈 줄 몰라서 그래. 빨리 가는 게 훨씬 쉽단 말이야."

이해가 되지 않았지만 봉수가 그렇다고 하니 수긍할 수밖에 없었습니다.

추우나 더우나 봉수 자전거 뒤에 타고 다니며 호사를 누렸습니다. 시간이 지나니 속도감을 오히려 즐기게 되었지요. 봉수 허리를 꽉 잡는 것도 어색하지 않았습니다. 오히려 안정감을 느꼈습니다.

아쉽게도 봉수는 6학년이 되자 전학을 갔습니다. 가정 형편이 넉넉한데다 아이들 교육에 관심이 남달랐던 봉수 부모님께서 중학생이 되기 전에 도시로 보낸 것이지요. 떠나던 날 그믐밤같이 캄캄한 봉수의 표정을 보고 뭔가 이상한 느낌이 들었습니다. 아쉬운 건 내 쪽인데 봉수가 왜 저럴까 싶었지요. 의문을 풀기에는 이미 늦었습니다. 고맙다는 인사를 나눌 겨를도 없었으니까요.

봉수를 다시 만난 건 40여 년이 지나 어느 날 동창회였습니다. 세월은 봉수와 나를 어린 시절의 우리 아버지와 어머니로 바꿔 놓았습니다. 그럼에도 옛날 모습 그대로라며 표정 하나 변하지 않고 뻔뻔스러운 거짓말로 서로 위로했습니다.

"승아야! 나는 세월을 되돌릴 수 있다면 초등학교 5학년으로 가고 싶다. 아침마다 너를 자전거 뒤에 태우고 달리는 그 기분이 어땠는 줄 아니. 빨리 달리면 달릴수록 내 허리를 어찌나 꼭 잡던지 신이 나서 자전거 바퀴가 저절로 굴러가는 것 같았어. 그런데 넌 여자아이가 왜 그리 눈치가 없냐. 나는 가슴이 두근거리고 정신이 없는데 넌 무섭다는 생각 말고는 아무 생각도 없는 아이 같았거든. 내 마음을 몰라 주어 섭섭하기도 했지만 한편으론 속마음을 알아차릴까 봐 두렵기도 했어.

"이 나쁜 녀석! 겨우 옷자락만 잡고 앉아 있는데 빨리 달린다고 꼭 잡으라는 바람에 네 허리를 잡을 수밖에 없었잖아. 그걸 노렸구나. 늑대 같으니라고. 그때 네 흑심을 알았다면 절대로 타지 않았겠지. 그런데 니네 어머니가 태워 주라고 하셨을 땐 투덜거리며 싫어했잖아."

"선뜻 대답하면 속마음을 들킬 것 같아 싫은 척한 거지. 사실 지금까지 우리 엄마가 그때만큼 내 마음을 잘 알아준 적이 없었다는 것 아니냐."

봉수와 나는 초등학생이 되어 실컷 웃었습니다. 아마 봉수가 조숙했던가 봅니다. 나이가 두 살이나 많았거든요. 고운 추억을 접어 가슴 깊숙한 곳에 넣고 강을 따라 걷습니다. 쨍쨍한 햇살이 강물 위에 내려앉습니다. 눈이 부십니다.

홀로 또는 여럿이

휴일 아침. 무거운 몸을 일으킨다. 꽉 짜인 일상이 목을 조여 뒤척거리다 늦게야 잠자리에서 빠져 나온다. 간단하게 요기를 하고 집을 나선다. 잡다한 걱정거리로 앞이 보이지 않을 때 찾아가는 곳이 있다. 종일 법당에 앉아 부처님 전에 마음을 풀어놓기도 하고 산행을 하며 몸속 찌꺼기를 쏟아내기도 한다. 산과 한몸이 되면 개운하다.

수도산. 일명 불령산이라고도 부른다. 김천시 증산면 수도리와 거창군 가북면에 걸쳐있다. 너무 높아 위화감을 주지도 않고 낮지 않아 만만해 보이지도 않는다. 중턱에 수도암을 품고 있다. 직지사 말사인 청암사 부속 암자이다. 겉모습이 수수해서 금방 눈에 들어오지 않는다. 하지만 세월의 흔적이 그대로 묻어나는 은근한 분위기가 사람을 끌어들인다. 오늘은 먼발치에서 부처님을 뵙고 등산로로 향한다.

앞서 가던 바람이 햇볕 아래 서서 어서 오라며 손차양하고 기다린다. 나지막한 대나무가 쪼로니 서서 오솔길로 안내한다. 한 사람이 겨우 지나다닐 정도로 좁다. 많은 이와 동행하더라도 혼자가 되어 산을 온전히 느끼라는 것인가. 아니 남의 집에 왔으면 그 집 식구들의 이야기를 들어 주는 게 예의리라.

타박타박 발걸음을 옮긴다. 세상의 이야기는 잠시 접어두고 산의 소리를 듣는다. 입은 닫고 귀는 쫑긋 세우고 눈은 크게 뜬다. 여럿 속에서 혼자가 되고 혼자서도 여럿이 될 수 있는 법을 배우는 곳이다. 혼자인가 싶으면 새들과 날벌레들이 말을 걸고 여럿인가 싶으면 오롯이 혼자가 된 자신을 본다.

주변을 둘러보니 온통 참나무다. 나이를 알기 어려울 만큼 오래된 나무들의 모습이 헌걸차다. 한겨울 무채색인 산에 난데없이 초록의 생기를 주던 나무인가. 찬찬히 올려다보며 꼭대기 우듬지에서 겨우살이의 흔적을 더듬는다. 지난겨울 보았던 초록의 물결이 어른거린다. 찬바람과 맞서던 참나무의 자랑이자 꿈이었으리라.

큰 나무 사이 실낱같은 풀이 이색적이다. 조붓조붓 모여 바람의 해찰에도 생기가 넘친다. 바람이 풀을 괴롭히는지 풀이 바람을 놀리는지 분간하기 어렵다. 가던 길을 멈추고 부드러운 감촉의 유혹에 손을 내민다. 코끝에 스치는 풋내가 어린 시절로 내달린다. 정작 망아지처럼 산으로 들로 쫓아다닐 땐 느끼지 못했던 냄새다. 깊은 곳에 숨어 있다가 한달음에 달려온다. 싱싱하고 익숙하다.

나는 산을 구경하고 산은 나를 탐색한다. 평지를 걷다 보면 가풀막진 길이 헉헉대며 쉬고 싶다는 생각이 들 때쯤 내리막 길로 이어진다. 낮아서 교만해지지도 않게 높아서 포기하지도 못하게 타이밍을 절묘하게 맞춘다. 걸음마를 연습하는 아이에게 이만큼 오면 사탕 줄게, 또 이만큼 오면 안아주지, 꼬드기는 어른의 모습 같다.

발밑의 촉감도 느껴 보라는 듯 폭신한 흙길인가 싶으면 바위틈을 지나고 겁에 질려 엉금엉금 기어갈 자세를 취하면 다시 흙길이다. 내가 산이 되었다가 산이 내가 되었다가 한다. 짐짓 아무렇지도 않은 척했건만 복잡한 마음을 훤히 들여다본다. 고수다. 울고 싶으면 울고 소리 지르고 싶으면 실컷 지르라고 자리를 깔아준다. 나도 모르게 눈물이 흐른다. 위로받고 있다는 생각에 걱정거리를 내려놓는다.

간간이 숨구멍인 듯 트인 곳을 내다보니 온통 푸른색이다. 멀리 키 큰 나무가 물끄러미 쳐다본다. 푸른 물에 빠져 목만 내어놓은 모습이 우습다는 듯 머금은 미소가 푸근하다.

운 좋게도 포행하는 스님을 만난다. 있는 듯 없는 듯 뒤따르며 마음을 읽는다. 평온하다. 보조를 맞추며 묵묵히 걷고 있는데 인기척을 느끼셨는지 돌아본다. 합장하고 예를 올리니 미소로 답한다. 응원군을 만난 듯 힘이 솟는다.

한 시간 반이 넘어 도착한 정상. 안개에 싸여 모습을 드러내지 않더니 갑자기 코앞에 나타난다. 돌탑이 우뚝 서서 환영의 손을 흔든다. 숨겨놓은 마음의 짐이 있으면 마저 내놓으라며 빈 곳을 내민다. 사이사이 끼워진 잔돌이 금방 무너질 것 같다. 그러나 강한 비바람과 맞대응하지 않고 틈새로 내보내며 상생한다.

여기서도 넓은 장소는 내어주지 않는다. 궁둥이 붙이고 느긋하게 앉아 있을 장소가 없다. 이곳저곳 살피며 산을 온몸으로 담아 가라는 무언의 메시지일지 모른다. 바위 난간에 서서 사방을 둘러본다. 어느 동산바치의 손길이 이렇듯 조화롭고 야무질까. 몇 군데 산판길이 뱀처럼 구불거릴 뿐 깊이를 알 수 없는 골짜기에 오직 숲만 보인다. 속세의 모습은 가뭇없이 사라졌다.

수도산은 무겁지도 가볍지도 않다. 넘치는 이에겐 겸손을, 부족한 이에겐 용기를 준다. 움켜진 마음이 저절로 풀린다. 이고 지고 와서 식욕만 잔뜩 채우고 가는 손님은 사양한다. 동네가 떠나가도록 분답은 사람도 반기지 않는다. 앞만 보고 죽자사자 종일 걷고 싶은 이는 정상에서 남은 에너지를 단지

봉으로 향하면 된다. 가는 듯 쉬는 듯 산을 읽고 자신을 읽을 줄 아는 이를 원한다.

산은 사탕을 한 손 가득 쥔 어른이고 난 사탕에 눈먼 아이가 된다. 받은 사탕이 다 녹을 때쯤 또 찾아올 것이다. 따라나서는 이 누구라도 친구 삼아. 아니 혼자라도 상관없다.

만인의 친구

가끔 집 앞 성당엘 간다. 오가는 수녀님들의 얼굴에서 온화한 미소를 보며 옛 친구 생각에 잠기고 싶어서다. 안면이 있건 없건 마주치는 사람들에게 햇살 같은 얼굴로 맞이하는 수녀님. 친구도 바로 저런 모습이겠지 생각한다.

언제나 언니 같은 마음으로 주변을 챙기던 그녀. 씩씩하고 적극적이라 누구에게든 도움의 손길을 먼저 내밀었다. 처음 만나던 날이 어제처럼 기억 한편에서 서서히 되살아난다.

노란 개나리가 교정을 빙 둘러서서 작고 보드라운 손을 흔들어대지만 알은체할 여유가 없다. 시작종이 울린 지 10여 분이 지나 급한 마음을 다잡느라 정신이 없기에. 텅 빈 운동장은 고요하다. 정적을 뚫고 걸어가는 발걸음 소리가 운동장을 휘젓는다. 가슴이 덩달아 쿵쾅거리며 장단을 맞추고 얼굴도 발갛게 달아오른다. 선생님의 열띤 강의가 복도까지 마중을 나온다. 문을 열고 들어갈 용기가 나지 않아 뒷문에서 서성이다 한 친구와 눈이 마주친다. 소리 나지 않게 조심조심 뒷문을 열어준다. 어색해하며 두리번거리는 내 눈길을 빈자리로 안내한다.

고등학교 3년 동안 기차 통학을 했다. 첫차를 타도 늘 지각이었다. 통학생이라 사정을 봐주기에 벌을 주거나 책망은 하지 않았다. 하지만 수업 도중 교실에 들어서는 게 부담스러웠다. 환경도 사람도 낯선데 본의 아니게 지각대장까지 되는 게 편치 않았다.

처음 등교하는 날, 이런 마음을 알고 반겨주는 친구가 있었다. 구세주가 따로 없었다. 선생님께서 통학생에 대해 미리 귀띔을 해 주셨기에 뒷문 가까운 곳에 자리를 잡아 놓고 기다렸다고 했다. 누군지 모르지만 조용한 교실에 문을 밀고 들어오려면 민망하겠다 싶어 마음이 쓰였단다. 어른스러운 배려에 두렵고 서먹했던 마음이 눈 녹듯 녹았다. 중요한 과목이나 새로운 단원을 배우는 날은 노트 필기를 대신 해 놓고 쉬는 시간에 과외 선생님을 자처하기도 했다.

교실을 살피며 외톨이가 된 친구가 있으면 서슴없이 달려가 말동무가 되었다. 점심시간에는 혼자 밥을 먹는 친구를 찾아 나까지 앞세워 같이 먹자며 자리를 옮겼다. 보통 친구들과는 달리 특별한 마음 하나를 따로 지니고 있는 듯 구석구석을 살폈다. 나도 자연스럽게 따라 하며 너울가지가 조금씩 늘었다. 고맙게도 3년 내내 같은 반에서 짝꿍으로 지내며 학교생활이 즐거웠다.

그런 그녀가 학교를 졸업하고 직장을 다니던 중 갑자기 소식이 끊겼다. 수소문 끝에 수녀원에 들어갔다는 이야기를 듣고 연락을 했다. 여러번 편지를 보냈지만 답장이 없어 궁금해하고 있던 차에 편지가 왔다. 수녀원 원장님이었다. 한 사람의 친구에서 세상 모두의 친구가 되기 위해 하느님의 품에서 공부 중이니 개별적인 연락을 참아 달라는 내용이었다.

'그래 보통 사람들과 생각이 다른 친구였어. 제 길을 잘 찾아갔구나.'

섭섭하기도 했지만 큰마음에 사소한 감정이 정리되었다. 힘든 길을 견디어 세상 사람들의 아픔을 어루만져 주는 하느님의 자녀로 거듭나기를 빌었다.

그녀는 봄날의 아지랑이다. 모락모락 따스함이 끝없이 피어오른다. 시린 바람 사이를 비집고 햇볕이 정성들여 만들어 낸 희망이다. 비록 가까이서 속내를 주고받을 수는 없지만 그녀를 생각하면 마음이 따뜻해진다. 혼자인가 싶으면 어느새 추억의 문을 열고 나온다. 어깨가 처지는 날도 기운이 솟는다. 그녀는 나의 이런 마음을 알까.

오늘도 성당에 들렀다. 시끌벅적한 동네 가운데 있지만 울타리 하나의 경계가 확연히 다르다. 전혀 다른 세계인 듯 평온하다. 누가 뭐라 하지 않아도 스스로 삶의 먼지를 털어내게 된다. 좀 더 시간이 흘러 눈인사만 하던 수녀님과 가까워지면 그녀 이야기를 해야지. 수녀님 얼굴에 그녀의 모습이 겹쳐져 나도 모르게 낯익은 미소를 보낸다.